덕후 여자 넷이 한집에 삽니다

Original Japanese title:
OTAKU JOSHI GA, 4 NIN DE KURASHITE MITARA.
© 2020 Chiaki Fujitani
Original Japanese edition published by Gentosha Inc.
Korean translation rights arranged with Gentosha Inc.
through The English Agency (Japan) Ltd. and Danny Hong Agency.

프로 덕질러들의
슬기로운
동거 생활

덕후 여자 넷이
한집에 삽니다

후지타니 지아키 지음
이경은 옮김

흐름출판

일러두기

· 본문의 각주는 모두 옮긴이주이다.

· 작품명, 캐릭터명 등은 한국에 소개된 표기를 따른다.

들어가며

2020년 여름 어느 무더운 평일 밤 거실에서, 나는 익어가는 고기를 보고 있었다. 고기를 굽는 건 동거인들. 왜 평일에 집에서 고기를 굽고 있냐고? 그건 바로 애니메이션 「오소마츠 6쌍둥이」 3기 방영이 결정됐기 때문이다.

동거인은 세 명. 나를 포함해 모두 30대, 그리고 모두 덕후인 여자 넷이 함께 살고 있다. 목이 빠지게 기다리던 애니메이션 신작이 만들어진다는 기대와 긴장에 사로잡힌 동거인들은 배불리 먹지 않으면 이 사실을 실감할 수 없다며 연이어 고기와 케이크를 사 들고 집으로 돌아왔다. 덕후와 살지 않았다면 이런 이벤트는 생기지도 않았겠지, 라고 생각하며 익어가는 고기를 바라본다.

우리는 2019년 초에 셰어 하우스 생활을 시작했다.

덕후에 대한 정의는 다양하지만, 여기서는 '서브컬처'에 한 발, 아니 두 발을 담그고 있는 사람을 의미한다. 예를 들어 앞에서 얘기한 것처럼 좋아하는 애니메이션 신작 제작 소식에 고기를 굽는 사람도 덕후, 소셜 게임에 빠진 사람도 덕후, 3차원 아이돌 오디션 프로그램에 빠져서 헤어 나오지 못하는 사람도 덕후, 최근에는 록 밴드 팬도 소비 형태에 따라 덕후로 정의하는 일이 많아졌다. 나 또한 비주얼계 밴드 팬을 그럭저럭 사반세기 넘게 하고 있다.

나도 동거인들도 심야 애니메이션 방송을 매주 손꼽아 기다리거나, 앉은 자리에서 만화책 전권을 독파하거나, 소셜 게임의 캡슐토이에 일희일비하거나, 뻔질나게 공연을 보러 가거나, 콘서트에 가서 소리치거나 하며 집 안에서도 밖에서도 바쁘게 지낸다. 덕후는 좋아하는 것에 관련된 것은 전부 모으려는 욕구가 강하다. 좋아하는 게 많아질수록 물건도 늘어난다. 최애는 끝도 없이 늘기 마련인데, 도쿄 땅덩어리는 한정돼 있고, 집세는 비싸고, 수입은 그리 간단히 늘지 않는다. 안 그래도 공연 원정으로 집을 비우는 시간이 많은데, 덕후 굿즈 창고로 둔갑한 집에 터무니없이 비싼 집세를 내는 것이 어리석다는 생각마저 든다.

그렇다면 비슷한 고민을 안고 있는 사람들끼리 함께 살며 생활비를 줄이면 된다. 이것이 셰어 하우스를 시작한 이유 중 하나다.

도시에는 룸 셰어나 셰어 하우스 같은 주거 형태가 어느 정도 널리 퍼진 듯하다. 하지만 아직은 젊은 청년들이 이용하는 경우가 많고, 비혼에 마흔을 바라보는 여자 여럿이 함께 사는 건 흔치 않아서인지 "어때?"라는 질문을 종종 받곤 한다.

"어때?"는 '동거 계기는?' '동거인은 어떤 사람이야?' '싸움은 안 해?' '프라이버시는?' '돈 관리는?' '누군가 전근 가면?' '누군가 연인이 생기거나 결혼하면?' 같은 의미를 담고 있다.

그리고 이 질문만큼이나 자주 "나도 해보고 싶어"라는 말을 듣는다. 그래서 우리 동거 생활에서 쌓은 경험을 몇 번인가 인터넷 매체에 에세이 형식으로 기고했는데, 예상보다 반응이 뜨거워 이왕이면 한꺼번에 정리해보자, 하고 시도한 것이 바로 이 책이다.

우리 넷은 앞에서 밝혔듯이 생활비를 줄일 목적으로 뭉쳤다. 1년 반 넘게 살아보니 생각보다 트러블은 적었고 싸움도 일어나지 않았다. 나는 프리랜서 작가고, 다른 동거인은 나처럼 프리랜서로 일하는 의상 제작자거나 대기업에 근무하거나 해서 다들 생활 리듬이 제각각이지만, 앞에서 얘기한 대로 갑자기 고기 파티를 벌이기도 하는 등 이래저래 즐겁게 지내고 있다. 코로나19 사태로 어수선한 분위기 속에서도 '별 탈 없이'라는 말이 딱 맞는 생활이다.

혈연으로 이어진 가족이나 사랑으로 맺어진 연인이 아닌, 취미 성향과 이해관계가 일치하는 친구와 함께 사는 건 고령화나 비혼화 같은 사회 문제 측면에서도 희망적인 얘기가 아닐까 싶다.

혼자 살면 괜스레 외롭거나 불안할 때가 있다. 이를 해소하는 수단으로 동거나 결혼을 떠올리는 사람도 많을 터다. 물론 그렇게 하고 싶은 사람은 그리하는 게 가장 좋겠지만, 마흔을 눈앞에 둔 사람이 누군가와 함께 살기 위해 반드시 결혼을 선택해야 하는 것은 아니다. 친구들과 하는 셰어 하우스 생활도 꽤 쾌적하고 즐겁다.

다만 셰어 하우스 생활이 누구에게나 적용할 수 있는 일반적인 방법은 아닐 것이다. 동거인의 성향이나 사는 지역, 집 상태 같은 조건이 운 좋게 맞아떨어지는 게 중요하다. 그러나 운이 따르지 않더라도 믿고 기다린다면 의외로 어떻게든 문제가 해결되는 경우도 많았으니 이 책이 한 예로서 도움이 된다면 기쁘겠다. 개인 정보는 밝히지 않았지만 집 알아보기, 계약 과정, 생활 방식에 관한 내용은 대부분 사실이다. 지금부터 우리들의 시행착오와 사투에 대한 기록이 펼쳐진다.(이때 시작을 알리는 버저가 울린다.)

후지타니 지아키

(1장)

덕후, 덕후와
함께 살기로 결심하다

2장

재미있는 거 좋아하는 덕후 구합니다

덕후 하우스 멤버들을 소개합니다

※이 책의 등장인물은 저자 외에 모두 가명임을 밝혀둔다.

후지타니(39세)

이 책의 저자. 비주얼계 밴드를 좋아하는 프리랜서 작가. 덕질과 실익을 겸한 자료 수집 때문에 책장에는 항상 책이 넘쳐난다. 일상에서도 인터넷 용어를 내뱉는 타입.(부끄럽다.)

★ 덕질 분야: 비주얼계 밴드, 미디어 프랜차이즈 '하이앤로우 HiGH&LOW', 유튜버 등

마루야마(36세)

후지타니의 15년 된 친구.(커뮤니티 사이트 믹시mixi에서 알게 된 것으로 기억한다.) 프리랜서 의상 제작자로 생계를 꾸려나가고 있다. 간사이 지방 출신. 요리를 잘한다.

★ 덕질 분야: 만화 잡지 『주간 소년 점프』, 코스프레 등

가쿠타(38세)

10년 전쯤 트위터 맞팔로우 후 친구 관계로 발전했다. 도쿄 IT 기업에 근무하는 회사원. 공연 원정 관람으로 집을 비우는 일이 많다. 성실하고 꼼꼼한 성격으로 평소에도 존댓말을 쓴다.

★ 덕질 분야: 공연(2.5차원*부터 여성 가극 다카라즈카까지), 일본 전통 의상, 아이돌 등

호시노(35세)

마찬가지로 10년 전쯤 트위터 맞팔로우 후 친구 관계로 발전. 대기업 회사원으로 출장이 잦다. 대범하고 유연한 성격으로 역시나 존댓말을 쓴다.

★ 덕질 분야: 소셜 게임, 애니메이션, 2.5차원 공연

◆ 만화나 애니메이션 같은 2차원 원작을 실사 무대화(3차원)한 장르. 주로 뮤지컬을 가리킨다.

1장

덕후,
덕후와 함께 살기로
결심하다

덕후1, 별안간 울어버리다

2년 전 가을, JR선 역 근처의 원룸에서 나는 울고 있었다. 역세권이라는 편리함에 이끌려 빌린 집인데 선로 역시 가까워 심야에도 열차 소리가 끊이질 않았다. 평소에는 별로 거슬리지 않던 소리가 이날은 갑작스러운 기온 변화 탓인지 '유리 멘탈'이 된 내 온몸을 흔들고 신경을 건드렸다. 흐르는 눈물은 멈추지 않는다. 이러다 눈물로 밤을 지새우게 생겼다. 이 37세 비혼 여성은 한밤중에 왜 울고 있나? 멘탈 이상? 그 이유는? 이 사람은 도대체 누구? 알아봤습니다(요즘 유행하는 블로그 스타일로 소개)!

아픈 어깨

그러고 보니 올해 3월, 실수로 역 계단에서 굴러떨어

져 어깨를 다친 후로 인생에 마가 끼기 시작한 것 같다. 처음 방문한 병원에서는 뼈에 이상은 없다고 가볍게 진단했지만 어깨는 좀처럼 나아질 기미가 없었다. 여러 병원을 전전하면서도 애써 아무렇지 않은 척 생활했지만 통증은 전혀 가라앉지 않았다.

다친 데가 자주 쓰는 오른팔은 아니었지만 영 불편했고, 몸 어딘가가 좋지 않다는 생각에 불안이 덮쳐왔다. 이런 건 혼자 사는 사람에게는 흔한 일이겠지.

지금 아픈 건 어깨뿐이지만 앞으로 어깨 말고 다른 데, 예를 들어 다리를 다치게 된다면 일상생활이 훨씬 불편해질 수도 있다. 물론 그럴 수도 있다고 예를 든 것뿐이지만, 그때는 멘탈이 상당히 약해져 갈수록 나쁜 생각만 떠올랐다. 이대로 몸을 움직이지 못하게 되면 어쩌지…… 불안도 점점 커져만 갔다.

집이 난장판

그 당시 살던 원룸은 분리형 구조로 방 크기가 3.5평 정도였다. 혼자 살기에 적당한 크기였으나 워낙 물건들로 넘쳐났다. 내 기본 성향은 유행에 쉽게 휩쓸리고 취향이 다양한 덕후. 원래부터 좋아했던 비주얼계 밴드에다가 소셜 게임과 애니메이션, 만화, 영화 등 다양한 콘텐츠에 빠져 살고 있다. 취미가 일로 연결되는 경우도 많아서 '이건 언젠가 자료로 필요할지도 몰라' 하고 순식간에 지갑을 열게 된다.

글 쓰는 사람치고는 많지 않을 거야…… 애써 변명해보지만, 벽에 나란히 세워둔 높이 180센티미터 철제 책장 세 개는 책과 CD로 빼곡하다. 받침대를 고여 지진 대비는 하고 있지만, '대지진이 오면 깔려 죽는 거 아냐?'라는 생각에 불안감을 떨칠 수 없다. 게다가 찬장에까지 CD와 책을 처박아 둔 상태였다. 집이 어질러져 있으면 없던 병도 생기기 마련이지. 흐엉~.

연인과의 이별

강산이 한 번 변할 만큼의 시간 동안 함께 살았던 연인이 작년 말, 이별을 통보했다.(먼 산을 바라본다.) 도대체 원인이 뭘까.(더욱더 먼 산을 바라본다.) 록 밴드처럼 말하자면 '가는 길이 달라서'인가. 동거가 끝나면서 갑작스럽게 이사한 곳이 앞서 말한 원룸이었다.

금전적 불안

좋아서 한다고 하지만 프리랜서 작가는 경제적으로 안정적이라 보기 어렵다. 그래서 '앞으로 어쩌지?'라는 불안이 늘 따라다닌다. 게다가 둘이 살다가 혼자 살게 되니까 생활비 부담도 만만치 않았다. 혼자 사는 원룸의 집세는 한 달에 관리비 포함 8만5000엔. 냉정을 되찾고 나서야 집세가 좀 비싸다는 사실을 깨달았다.

물건으로 넘쳐나는 집은 심각할 정도는 아니라도, 일에 집중할 수 있는 환경은 아니다. 그래서 인근 공유 오피스(월 2만5000엔)를 빌리는 처지에 놓였다. 생계를 위협하는 고정 비용이 서서히 부담으로 다가왔다.

설명이 충분했나요? 그렇다, 이것들이 하나 되어 내 정신을 궁지에 몰아넣고 있다. 마흔을 바라보는 여자는 결국 눈물로 밤을 지새운다. 가을밤은 길다……

노후 자금 2000만 엔, 가능합니까?

이불 속에서 훌쩍거리고 있으니 불안감이 점점 커져만 간다. 앞으로 어쩌지……. 딱히 긴장감 없이, 미래 설계도 하지 않고 살아왔기에 내 안의 도구로♦ 동생이 "혹시 너, 아직도 자신이 죽지 않을 거라고 생각해?" 하고 속삭인다.

비주얼계 밴드 골덴 봄바의 〈사랑을 멈추지 마~ I Love Me Don't Stop~〉은 실연당하고 고독해서 고독사할 것 같은 밤을 노래하는 곡인데, 높은 인세 소득으로 화제가 된 멤버 기류인 쇼조차도 고독사를 두려워하는 것 같으니, 이런 생각을 계속하는 건 위험하다. 이제 그만.

이럴 땐 무엇을 할까? 바로 스마트폰을 집어 들고 이것저것 검색했다. 의욕이 넘쳐서 '고독사'를 구글 님께 여쭤봤더니 나온다, 나와! 상당히 괴로운 뉴스 기

♦ 만화 『유유백서』에 나오는 최고의 악당. 친형과 함께 도구로 형제로 불린다.

사가. "고독사한 40대 미혼 남성은 어쩌다 고립됐나"라든지, "고독사한 40대 여성의 집은 쓰레기장!"이라든지…….

40대도 고독사할 수 있구나. 기사에는 대부분 지저분한 방 사진이 실려있다. 지저분한 방에 사는 사람은 수명이 짧다고 얘기하고 싶은 것인가?

솔직히 혼자 맞는 죽음이 싫다는 게 아니다. 죽고 나서 누구에게도 발견되지 않은 채 썩어 문드러진 시체가 쓰레기장 같은 집에서 발견되는 상황을 피하고 싶은 것이다. 나 때문에 '사람 죽은 집'이 되는 것도 싫고, 관리인이나 시체 처리업자에게도 미안하고…….

인터넷에는 성실하게 살았던 사람의 마지막은 저런 모습이라고 말하는 듯한 기사가 판치고 있다. 아아, 싫다, 싫어. 저널리즘의 이름을 빌린, 그저 불안감만 부추기는 뉴스 기사, 모조리 사라지면 좋을 텐데!

얼마 전 노후 자금으로 2000만 엔이 필요하다는 내용이 보도돼 논란이 일었다. 나는 과연 그 돈을 모을 수 있을까? 솔직히 지금 수입과 저축액을 생각하면 어림도 없다. 주머니를 있는 대로 탈탈 터는 게 덕후라서(뇌피셜이다), 같은 나이 대의 평균 저축액과 비교하면 내 저축액은 형편없이 적을 것이다. 다만 밀린 카드 대금도 빚도 없으니 그래도 최악은 아니려나. 이 판단 기준, 후하긴 해.

덕질 활동비가 불어나더라도 생활비를 줄인다면 저금하는 것이 가능할지도 모른다. 도심을 벗어나 저렴하고 넓은 집에 산다면 물건이 넘쳐나는 문제도 해결할 수 있다. 하지만 이게 참 어렵다.

프리랜서 작가는 도쿄 이곳저곳을 돌아다닌다. 취재하는 데 꼭 필요한 음반사나 출판사에 인터뷰를 하러 간다. 게다가 라이브 공연을 취재하는 일도 많아서 도쿄에 있는 라이브 하우스, 사이타마 슈퍼 아레나, 마쿠하리 멧세, 요코하마 아레나 같은 대규모 공연장을 자주 찾는다. 라이브 공연은 대부분 밤에 있어서, 끝나고 바로 귀가할 수 있는 거리가 아니면 몸이 힘들다. 그러니 집세가 저렴한 교외로 이사하는 것은 그다지 현실적이지 않다.

본가로 들어가는 방법도 한 번쯤은 고려해봤지만, 야마구치현이라 너무 멀다. 그래서 이 일을 계속하는 한 본가에 들어가지는 않을 것이다. 게다가 고등학교를 졸업하고 나서는 본가에 잘 가지도 않았고, 본가는 지금 언니 부부(+아이 넷)와 부모님이 함께 사는 2세대 주택이 돼버려서 아무리 생각해도 내가 있을 곳이 없다.

나는 네 자매 중 둘째인데, 언니와 막내는 결혼해서 아이가 있고 바로 아래 동생은 약혼한 상태다. 은퇴한 부모님의 시선은 자연스레 마흔을 바라보는 비혼 여성인 나에게로 향했다. 연인과 헤어지고 얼마 지나지 않아 본가에 갔을 때, 해줄 수 있는 게 없어서 미안하다며 엄마가 눈물을 글썽였다. 나도 할 말이 없었다. 일을 내팽개치고 돌아오면 완전히 불쌍한 사람으로 취급받을 게 분명하다. 그건 싫다.

덧붙이자면 그 지역은 인구가 적어서 일자리도 아마 없을 터다. 동정할 거면 돈을 줘(뜬금없이 드라마 「집 없는 아이」의 대사). 이건 물론 농담이고, 부유한 집안이 전혀 아니니 부모님이 나보다 앞날이 창창한 조카들한테 돈을 썼으면 한다.

혼자 사는 게 이토록 안 맞을 수가

'고독사가 두려워' '2000만 엔을 모으는 건 불가능해' '5000조 엔 갖고 싶어' 등 앞날에 대한 걱정은 잠시 접어두고 당장 눈앞에 닥친 문제가 무엇일지 생각해보니, 무슨 일이 생겼을 때 혼자라면 외롭고 불안하다는 것이었다. 간단히 말해 혼자 사는 생활이 맞지 않는 게 문제다.

나는 원래 인생에서 혼자 산 기간이 짧다. 본가에서는 18년을 살았는데, 부모님과 큰할머니, 나를 포함한 네 자매, 모두 일곱 명이 함께했다. 집은 단독 주택으로, 목수였던 할아버지(젊은 시절에 증발해 행방불명 상태)가 지었다는데, 정확한 준공 연도는 알 길이 없지만 지은 지 40~50년은 족히 넘었다. 1층에는 부엌, 큰할머니 방, 2층 침대를 요새처럼 만든 아이들 침실이 있고, 2층은 책상을 무리하게 집어넣고 남은 공간을 부모님 침실 겸 거실로 사용했다. 이처럼 개인 공간을 포기한 채, 엄청나게 제약이 많은 집에서 자랐다.

그런대로 복잡한 집안이었기에 고등학교를 졸업하

자마자 '이런 집, 더는 못 참아~' 하고 돈도 연줄도 학벌도 없는 상태로 집을 뛰쳐나왔고, 그렇게 가게 된 곳이 자위대였다. 여기서 4년간 기숙사 생활을 했는데, 철저한 계급 체계와 단체 생활을 견딜 수가 없어서 이번에는 '이런 기숙사 생활, 더는 못 참아~' 하고 퇴직금을 밑천 삼아 상경을 결심했다. 하지만 혼자 도쿄로 뛰어드는 건 몹시 불안해서, 이미 상경해 의류 사업을 하고 있던 동생에게 동거를 제안했고 그렇게 당당하게 도쿄 생활을 손에 넣었다.

하지만 결국 집안일 하는 방식이나 생활 리듬의 차이로 반년간의 동거는 파탄을 맞이했다. 그 후 1년 정도 혼자 살았고, 연인을 만나 교제하게 됐다. 이건 순전히 우연이었는데, 당시 내가 아르바이트하던 장소와 그의 집이 굉장히 가까워서, 그 뭐랄까…… 내 집에 잘 안 가게 되었다고나 할까, 오호호. 그렇게 어느새 동거가 시작됐다. 이게 대략 12년 전 일이다.

이렇게 다양한 유형의 사람들과 생활하고, 마흔 언저리에 다시 혼자 살게 됐다. 그리고 실감했다, 나는 혼자 사는 게 안 맞는다는 사실을! 이것을 해결하려면 누구와 혹은 무엇과 함께 살아야 할까. 몇 가지 선택지를 머릿속에서 시뮬레이션해봤다. 밤새 우는 것도 슬슬 지쳐가는, 이불 속에서 말이다.(근데 잠은 언제 자?)

인형이냐, 반려동물이냐, 연인이냐

빠밤(효과음), '나는 무엇과 함께 살아야 할까?' 차트!(별 5개 만점)

유형 1. 인형과 산다

- 난이도 ★☆☆☆☆ (가장 쉽다.)
- 정신적 불안 해소 가능성 ★☆☆☆☆ (없는 것보다 낫다.)
- 경제적 불안 해소 가능성 ☆☆☆☆☆ (무의미!)

봉제 인형은 귀엽다. 귀여운 인형과 함께 살면 외로움도 조금은 해소되겠지. 덕후에게는 '누이마마ぬいママ'♦ 라는 문화가 있어서, 최애 인형과 함께 생활하는 사람도 많다. 나는 잘생긴 캐릭터 인형이 아닌 잡화점 돈

키호테의 마스코트 돈펜과 NHK 어린이 프로그램 「할 수 있을까」의 곤타 군 인형을 키우고 있다. 굳이 말할 필요도 없지만, 인형의 좋은 점은 귀엽고, 불만을 말하지 않는다는 것. 좋든 싫든 아무것도 안 해주지만.

유형 2. 물고기나 파충류와 산다

- 난이도 ★★☆☆☆ (반려동물 동반 금지여도 물고기는 키울 수 있다.)

- 정신적 불안 해소 가능성 ★★☆☆☆ (의사소통의 가능성은 있지만, 대화는 불가능하다.)

- 경제적 불안 해소 가능성 ☆☆☆☆☆ ('돌봐야 할 것'이 있으면 일하는 데 동기부여가 될지도 모르겠으나 양육비가 든다.)

유형 3. 강아지나 고양이와 산다

- 난이도 ★★★☆☆ (반려동물 동반 가능 집이 있다면.)

◆ 봉제 인형을 뜻하는 단어 '누이구루미(縫いぐるみ)'와 엄마를 뜻하는 '마마(ママ)'의 합성어로, 봉제 인형에게 옷을 만들어 입히고 같이 외출하는 등 인형과 함께 생활하는 덕후를 가리킨다.

- 정신적 불안 해소 가능성 ★★☆☆☆ (유형 2와 동일)
- 경제적 불안 해소 가능성 ☆☆☆☆☆ (유형 2와 동일)

파충류와 어류는 반려동물 금지인 집에서도 키울 수 있다. 반려동물 키우는 게 가능한 집을 찾을 필요는 없지만, 강아지나 고양이의 보들보들함도 포기하긴 아깝다. 외로움을 달래려고 동물을 키우는 건 윤리적으로 어떠려나? 하는 의문도 들지만, 함께 사는 것 말고 동물을 키울 이유가 있을까? 돌봐야 할 대상이 한 생활 공간에 있다면 삶에 의욕이 생길 것 같기도 하다.

유형 4. 다시 연인을 찾아서 함께 산다

- 난이도 ★★★★☆ (상대가 없으면 시작할 수 없다.)
- 정신적 불안 해소 가능성 ★★★★☆ ('좋아하는 사람'과 함께 있다는 안정감이 크다.)
- 경제적 불안 해소 가능성 ★★★★☆ (생활비를 절반으로 줄일 수 있다.)

음~, 귀찮아(단호). 내일모레면 마흔인데, 다시 타인과 함께 산다. 요컨대 인생을 함께하고 싶은 상대를 찾는 작업부터 시작해야 한다.

아, 귀찮아(또). 20대 때는 패기로 이렇게 저렇게 교제로 이어졌지만 그것도 이젠 신중해질 수밖에. 내 나이도 나이고, 상황에 따라서는 시작부터 상대방 부모의 병간호 같은 게 눈에 들어올 수도 있다. 부담감이 예전과는 다르다. 실연의 상처도 아물지 않았고, 연애에 몰두할 상태도 아니다. 외로움과 경제적인 불안을 달래려고 누군가와 교제하는 것은 상대에게 너무나 실례되는 일이기도 하고. 자, 여기까지.

아무리 고민해봐도 누군가에게 응석 부리지 말고 제대로 자립하자는 생각만 든다. 정신론으로는 지금 집이 넓어지지도, 물건이 줄지도, 수입이 늘지도 않는다. 생각이 꼬리에 꼬리를 문 결과, 한밤중에 흐르던 눈물은 그쳤지만 해결책은 딱히 없다. 그냥 멍하니 스마트폰으로 트위터를 보고 있는데, 때마침 오랜 친구가 올린 글이 눈에 들어왔다.

나보다 두세 살 어린 그녀는 의상 관련 프리랜서로

생계를 이어가고 있는데, 미래에 대한 막연한 불안을 토로하고 있었다. 알지.(물론.) 한밤중에 흘리는 눈물(넓은 의미로)이잖아. 나도 좀 전까지 안 자고 울고 있었어. 비슷한 고민이 담긴 그녀의 트윗에 공감하는 마음을 담아서 마음속으로만 '좋아요'를 누르려는데(왠지 진짜로 누르면 동정하는 걸로 받아들일지도 모르니까 그만두었다), 앗! 좋은 생각이 떠올랐다.

함께 사는 사람이 연인이나 가족이어야 한다는 법은 없잖아. 사회에서 말하는 명확한 이름이 붙여진 관계는 아니더라도, 어느 정도 친한 상대와 함께 살면 '정신적 불안 해소'와 '생활비 감소'는 실현 가능성이 높다. 원래 알고 지내던 친구라면 '유형 4. 다시 연인을 찾아서 함께 산다'보다 난이도도 낮지 않겠어? 이 방법 상당히 괜찮잖아! 나 혹시 천재?!

시간은 벌써 새벽 1시를 지나고 있었지만, 흥분을 가라앉히지 못한 채 바로 메신저를 열어 아마도 안 자고 울고 있을 친구에게 이렇게 메시지를 보냈다.

"우리, 셰어 하우스 안 할래요?"

2장

재미있는 거
좋아하는
덕후 구합니다

SNS 중독자의 동거 제안

이 친구의 이름은 마루야마. 내가 빛의 속도로 보낸 메시지에 바로 답장을 보내왔다.

마루야마　뜬금없이!

직설적인 간사이 사람답게 시작부터 정곡을 찌른다.

　마루야마는 예전에 같이 동인지를 만든 적도 있는 15년 된 '덕질 메이트'다. 코스튬 플레이어기도 한 마루야마는 의상 제작 실력이 뛰어나, 지금은 프리랜서 의상 제작자로 도쿄를 중심으로 활동하고 있다. 마루야마가 간사이 지방에 살았을 때는 이벤트 원정 때 서로의 집을 숙소 대신 이용했을 만큼 가까운 사이다. 그래서 내가 앞뒤 다 자르고 떠오른 생각을 갑작스레

전송하는 일이 그에게는 이미 익숙하다.

나　　　그렇죠! 실은 이래저래 해서 이사하고 싶거
　　　　든요.(앞의 내용을 간략히 말한다.) 최근 트위터
　　　　에서도 '이런 집에서 덕후끼리 살고 싶다'라
　　　　며 평면도 올리는 게 유행했잖아요~. 게다
　　　　가 둘이서 살면 같은 집세로 거실이 넓은 집
　　　　에서 살 수 있고요~. 거기서 작업도 가능하
　　　　고. (장문이라 말풍선이 영수증처럼 길어졌다.)

마루야마　그러니까 이 말이죠? '생활비를 줄이고 외
　　　　로움도 해소하고 싶다.'

나　　　Exactly(그렇습니다)!

마루야마　다비 동생!♦ 작업실 얘기는 상당히 매력적
　　　　이고, 덕후 둘이 함께 살다니 무조건 재밌
　　　　겠네. 재밌는 쪽에 5000점입니다~.

나　　　그렇죠.

♦　만화 『죠죠의 기묘한 모험』의 등장인물. 다니엘 J. 다비의 동생인
　테렌스 T. 다비를 가리킨다. 'Exactly(그렇습니다)!'라는 대사가 유
　명하다.

"재미있는 쪽에 5000점"은 마루야마와 나의 대화에 자주 등장하는 말이다. 어린 사람은 잘 모를 수도 있지만, 예전에 했던 퀴즈 프로그램 「퀴즈 더비」를 따라한 거다.

마루야마　근데 아무래도 갑작스럽긴 하네요. 계속 집에 있는 프리랜서 둘만 살면 티격태격할 게 빤히 눈에 보이는데, 진짜 실행할 생각이라면 한 명 더 넣는 편이 좋겠는데요.

와우, 역시 15년 지기, 정확해! 그리고 우리끼리는 존댓말을 쓰는 건 기본이다. 아무리 거리가 좁혀져도 존댓말을 사수하는 게 바로 덕후다.

　아무래도 둘만 살면 뭔가 갈등이 생겼을 때 서로가 상대방을 탓하기 쉽다. 내 경험만 봐도 이제껏 동생이나 연인과 둘이 살 때 그런 일이 많았다. 물을 틀어놓고 양치질 좀 했다고 말싸움을 하기도. 아이고, 머리야…….

　남들과 셋이서 산 적은 없지만 의외로 좋을지도 모

른다. 집세도 세 명이 나눠 내면 부담이 줄어드니 더 좋은 집에서 살 수도 있고. 일단 공통된 친구에게 물어보자는 얘기를 끝으로 그날의 대화는 마무리됐다.

그렇다면 이제 셰어 하우스 멤버 모집. 지금까지 다른 사람과 살아본 경험은 많지만, 가족들은 태어날 때부터 함께였고, 기숙사 생활은 어쩔 수 없었고, 연인과는 자연스레 동거에 돌입했기에 어떤 상대와 함께 살고 싶은지 생각해본 적이 없었다. 뭐, 이런 때가 아니면 좀처럼 생각할 일도 없겠지.

우선 거절당하더라도 어색해지지 않을 정도(※중요)로 친한 사람에게 물어보자고 마루야마와 얘기했다.

나   누구한테 물어볼까요?

마루야마   그러게요. 메신저 단체 대화방에 물어보면요?

나   그럼 되겠네요.

메신저 단체 대화방이란 내가 친구들을 모아 가끔 파티를 열 때 연락하기 위해 만든 대화방으로, 방 제목은 이름하여 '소소한 파티'다.

처음에는 동년배 비주얼계 팬들이 "요즘 화려한 복장을 통 안 했네~" "애 데리고 갈 수 있는 모임이 없어~"라고 해서 고딕 양식이나 로리타 양식 의상을 입고 노래방 같은 데 모여서 놀던 게 시작이었다.

이윽고 "항상 노래방이니까 다를 게 없네" "서양식 저택 같은 스튜디오 빌려서 촬영하자" "주방이 딸린 공간을 빌려서 소소한 파티 하자"라며 일이 점점 커져서, 크리스마스나 핼러윈에, 또는 의미도 없이 갑자기 파티를 여는 게 일상이 되었다. 참으로 신기하게도 반응이 좋아서 친구의 친구가 모여, 결과적으로 수십 명 규모의 단체 대화방이 만들어졌다. 이제 더는 '소소한'이 아니다.

단체 대화방에 있는 사람들은 알고 지낸 지 10년도 넘었고, 대부분 인격도 어느 정도 갖추고 있다. 게다가 그 무리에서 모임 장소를 잡거나 예산 관리를 한 사람은 나였으므로, 참가자는 대부분 내 인간성(좀 허술하지만 기획 자체를 포기하는 일은 좀처럼 없다)을 알고 있을 터다. 그래서 개개인에게 메시지를 보내는 것보다 효율이 좋다.

이리하여 우리는 무작정 멤버 모집을 시작하게 되었다.

셋에서 넷으로

결론부터 말하자면, 생각보다 쉽게 멤버가 모였다.

살짝 난항이 예상됐는데, "나랑 같이 살 사람~" 했더니 "저요~" 정말 이런 식이었다. 이건 마치 '콜 앤드 리스폰스Call and Response'◆?

게다가 손을 든 사람은 두 명이었다. 예정은 셋이었는데 넷이서 덕후 셰어 하우스를 하게 될 조짐이었다. '좀 많은가?'라는 생각이 잠시 들었지만, 인원이 많으면 생활비를 아낄 수 있다. 그런 면에서 한 명 더 늘어도 문제없을 것 같다고 생각이 바뀌었다.

단체 대화방에서는 사람이 많은 편이 재밌을 거라는

◆　음악의 특정 구간에서 가수와 팬이 정해진 구호, 기합, 환호성을 주고받는 것.

분위기였다. "노하우를 블로그에 올려서 인기를 끌면 돈다발이 수북수북!" "셰어 하우스 유튜브를 해!" "차라리 초기 에그자일EXILE처럼 나카메구로에서 공동생활을 해"♦♦ 등, 눈 깜짝할 사이에 오오기리大喜利♦♦♦가 시작됐다. 자꾸 얘기하는 거 같지만, 여자 덕후에게 '재미'는 최우선 사항이다(뇌피셜). 이런 재미있는 기회, 나도 가만히 있을 수 없지.

손을 들어준 두 명은 미카미와 가쿠타.

간토에 있는 본가에 거주하는 미카미는 30세 전후 반갸루バンギャル, 즉 비주얼계 밴드 열성 팬이다. 이제 슬슬 독립했으면 한다고 부모님이 재촉하는 모양이다. 마침 도쿄에서 혼자 살아볼까 생각하고 있었는데, 셰어 하우스도 재미있을 것 같다며 입후보.

가쿠타는 도쿄에서 혼자 살고, 나이는 마흔을 바라

♦♦ 도쿄 나카메구로에는 퍼포먼스 그룹 에그자일의 원년 멤버들이 세운 기획사 LDH가 있다. 나카메구로는 에그자일 굿즈숍을 비롯해 음식점, 카페 등 LDH 그룹에서 운영하는 가게가 모여있어 에그자일의 성지로도 불린다.

♦♦♦ 특정 주제에 재미있는 답변을 말해 재치를 겨루는 예능 형식.

본다. 공연 덕후로 최근 몇 년간 일도 취미 생활도 안정적으로 하고 있지만, 오히려 반복되는 일상이 고민이던 참에 셰어 하우스가 뭔가 재밌어 보인다는 이유로 입후보해줬다. 참고로 둘은 회사원이다. 나와 마루야마가 프리랜서라서 회사원이 있는 게 마음이 놓인다!

기세를 몰아 네 명의 단체 대화방을 만들고 회의를 시작했다.

| 나 | 여러분 잘 부탁드려요! 방은 잘 어지르지만 싱크대는 깨끗하게 사용하는 편이라 10년 동안 집에서 벌레 같은 건 본 적도 없어요 (더구나 전에 살던 집은 1층이 편의점). 바라는 게 있다면 우선 책장을 잔뜩 두고 싶어요. |
| 마루야마 | 잘 부탁해요~. 나도 하는 일이 그렇다 보니, 혼돈의 시기에는 방이 지저분할지도~. 거실 일부를 빌려 아틀리에로 쓸 수 있음 좋겠어요. 요리하는 걸 좋아해서 부엌이 넓다면 이것저것 만들고 싶어요. |

가쿠타　　난 일이 바쁠 때 거의 집에 없어요. 책과 옷
　　　　　　장이 있으면 충분해요. 요리보다는 청소가
　　　　　　좋아요. 이 점은 서로 도와요.

미카미　　난 혼자 사는 게 처음이라 여러모로 배울 수
　　　　　　있음 좋겠어요. 본가에서도 집안일은 하지
　　　　　　만, 빨래는 서툴러요. 공유 공간에 모두의
　　　　　　'얇은 책'◆을 넣을 만한 선반 같은 걸 만들
　　　　　　고 싶어요~.

모두　　　그거 좋네.

다들 이렇게 꿈을 펼쳤다.

　의식의 흐름대로 한 제안에 친구들이 모여들었다.
의외로 날 좋게 생각하는 것 같아서, 연인과 헤어진
후 잃어버린 자신감을 회복하는 기분이었다.

　누구는 잘하는데 누구는 잘하지 못한다. 이런 다른
점을 보완해간다면 더할 나위 없이 좋을 터다. 살고
싶은 집이나 이상적인 생활을 얘기하는 것은 무척 즐

◆　주로 동인지를 가리킨다.

겁다. 하지만 이성적으로 생각해야 할 점도 있다. 각자의 사정을 고려해본 결과 대화는 이런 식으로 정리됐다.

- 지금 당장 이사할 필요는 없으니 좋은 집을 발견하면 움직이자.
- 갑자기 누군가 탈퇴하면 곤란하니까, 셰어 하우스에 대해 가족과 상의해두자.
- 혼자 살 때보다 생활비를 더 쓰면 의미가 없으니까 1인당 5~6만 엔, 총 20~24만 엔으로 집세를 정하고 초기 비용을 준비하자.
- 괜찮아 보이는 집을 찾으면 구글 스프레드시트에 공유하자.

이제 차근차근 잘해봅시다.

'반려동물 가능'보다 적은 '셰어 하우스 가능' 집

자, 우선 집 찾기. 조건은 이렇다. 덧붙이자면 '셰어 하우스 가능'이 대전제다.

- 각자 방을 원하니까 방 네 개 이상
- 작업 공간이 필요하니 거실은 최소 6평
- 집세는 25만 엔 이내
- 준공 연도는 크게 신경 쓰지 않지만, 리모델링한 싱크대는 필수
- 방 네 개는 크기 차이가 거의 없도록
- 되도록 모든 방의 바닥은 플로어링이면 좋겠지만, 다다미방도 가능
- 베란다에 나갈 때 누군가의 방을 통해야만 한다면 빨래 널기 불편하니까 NO
- 도심에서 전철로 30분 이내
- 회사원들의 출퇴근을 고려해 더블 역세권이 이상적

이렇게 나열해보니 조건이 꽤 많네.

찾는 방법은 이른바 인해전술로, 각자 부동산 정보 사이트 'SUUMO', 'HOME'S', '야후! 부동산', '도쿄R 부동산'을 하나씩 맡아 찾아보기로 했다. 주로 점심시간이나 밤에, 괜찮은 집을 단체 대화방에 투척. 집을 감상하고 모두가 마음에 들어하면 구글 스프레드시트에 입력했다. 스프레드시트에 '건물명' '집 구조' '집세' '가까운 역' '도보 ○분' '준공 연도' 등 조건을 비교하기 쉽게 목록으로 정리했다.

그런데 '셰어 하우스 가능' 집이 적어도 너무 적다! 넷이서 찾는데도 스프레드시트에 하루에 한 건 추가하면 다행이고, 부동산 사이트에 실제로 문의해보면 안 된다고 하는 경우도 많았다.

매물은 대부분 '셰어 하우스 협의'였다. '가능'이 아니라 '협의'! 이 협의라는 애매한 표현에 휘둘리는 경우가 부지기수.

사이트에 '셰어 하우스'와 '2인 입주' 모두 적혀있어서 문의해보면 친구들끼리는 불가능하다거나, 프리랜서라는 이유로 넌지시 거절하거나, '그런 형태의 셰어 하우스는 좀……'이라며 두루뭉술한 이유로 퇴짜를 놓기도 했다. 잠깐, '그런 형태'란 뭐지?! 심지어 2인 입주란 결혼을 전제로 한 동거를 가리키는 것이었다. 에둘러서도 말하네. 어이!

검색하는 데 지치기 시작한 나는 '등잔 밑이 어두울지 몰라' 하고 집 근처 역 앞에 있는 부동산을 찾아갔다. 그런데 "친구 넷이서 살 수 있는 집을 찾고 있어요"라는 말이 미처 끝나기도 전에 직원의 표정이 어두워졌다.

그 말인즉슨 친구들끼리 하는 셰어 하우스란 싸우고 우정이 깨져서 파탄 났을 때 집세를 내지 못할 위험이 크기 때문에 집주인에게는 걱정거리가 된다는 거다. 그래서 셰어 하우스를 할 수 있는 매물은 몹시 적다고. 그건 좀 아니지, 연인과의 동거나 형제끼리 동거도 파탄 나거든? 둘 다 전과가 있는 내가 하는 말이니까 틀림없다.(자랑은 아니지만.)

셰어 하우스가 가능한 집은 반려동물 동반 가능한 집보다 적다는 얘기도 항간에 떠돌고 있다. '사람이 많으면 강아지 이하란 말인가!' 먼 산을 바라본다.

집 구조 면에서도 집 찾기는 난항을 겪었다. 방 네

개짜리 맨션은 대개 가족용으로, 가족이 사는 것에 맞춰진 집 구조가 대부분이었다.

미카미　　4평, 3평, 3평, 2평…… 어머, 이 방은 창문이 상당히 작네.

가쿠타　　북향이라 채광도 안 좋을 거 같아요.

마루야마　감옥이 따로 없네요.

나　　　　가위바위보 해서 진 사람이 자시키와라시座敷童子◆로 지낼 수밖에.

가쿠타　　저기, 이것 좀 보세요. 이 집은 일단 방이 네 개인데, 하나가 선룸sunroom이에요.

미카미　　선룸이라면 유리로 된 방?

나　　　　진짜? 『죠죠의 기묘한 모험』(3부)에 나오는 DIO◆◆라면 죽겠네.

◆　집 안이나 곳간에 살면서 사람들에게 장난을 치거나 행운을 안겨준다고 전해지는 정령.

◆◆　만화 『죠죠의 기묘한 모험』의 인기 캐릭터. 흡혈귀로, 햇빛에 노출되면 죽는다. 본명은 디오 브란도지만 3부에서는 캐릭터성이 다르다는 이유로 DIO로 구분해 표기한다.

마루야마　　재가 될 거야! 모험이 끝나고 말 거야! 그보다 DIO가 아니더라도 선룸은 싫어요.

끄응. 모두 처음에는 열정적으로 찾아봤지만 계속해서 거절당하니 의욕이 사라지는 것 같다.

가쿠타　　셰어 하우스 하기가 이렇게나 힘들 줄이야…….

마루야마　　이 집, 전에도 본 거 같은데…… 집 게슈탈트 붕괴.

나　　이렇게 된 거, 사는 수밖에 없나, 고급 맨션을(하이쿠처럼 5·7·5 음절).

미카미　　5000조 엔 갖고 싶어!

피폐해진 우리를 보다 못한 '소소한 파티' 대화방 사람들도 "○○역을 노려" "리모델링한 집은 수압이 약하니 반드시 확인해" "집주인이 외국인이면 셰어 하우스에 긍정적이지만, 부동산 기업의 물건은 어렵대" "도쿄 23구를 벗어나면 쓰레기봉투가 지자체에 따라 유

료가 되기도 하니까 주의해"라며 집 찾는 데 도움을
줬다.

　우리 넷도 집 구하기 오오기리랄까, 어림도 없는 가
구라자카의 월세 100만 엔짜리 서양식 저택을 보고
까르르 웃거나, 아무리 봐도 강제노동 합숙소가 생각
나는 긴시초의 수수께끼 집에 벌벌 떨거나 하면서 다
시 마음을 다잡고 이상적인 집을 찾는 데 매진하게
됐다.

찾았다, '문화적 하우스'

역시나 쉽사리 찾아지지 않네~ 느긋하게 찾아볼까
나~ 하는 분위기가 감돌기 시작한 어느 날. 조건과 딱
맞아떨어지는 이상적인 집이 저장해둔 조건 검색에
걸려들었다.

　- 단독 주택 2I만 엔(예산보다 저렴!)

- JR선(급행도 선다!) 도보 15분(허용 범위!)

- 방 다섯 개(남는 방 하나는 창고로 쓸 수 있다!)

- 거실 7평

- 방 크기는 4평, 3.8평, 3.5평, 3평(허용 범위), 모든 방은 플로어링(너무 좋아)

- 부엌, 욕실, 화장실 리모델링 완료

- 화장실과 세면대가 각 층에 있다(아침마다 전쟁을 치르지 않아도 된다)

특히…… '셰어 하우스 가능'이라고 적힌 반짝반짝 빛나는 한 줄!

주차장이 없다는 이유로 가족 단위 세입자는 꺼리는 모양인데, 차가 없는 우리에겐 오히려 좋다. 잠깐만, 상당히 느낌이 좋은데?

나   앗, 이건~?

미카미   마당 있는 단독 주택! 집 구조도 수납공간도 꽤 이상적! 세면대가 두 개인 것도요.

가쿠타   출퇴근하기에도 편하겠어요.

마루야마　나도 도매 상가까지 가기 편해서 좋아요. 33평이라니 엄청 크네요~.

나　예전에 이 주변에 살았는데, 완전 주택가예요. 슈퍼도 많을 거야.

가쿠타　근데 뭔가 틀어져서 셰어 하우스가 안 된다고 하면 눈물 날 거 같아요.

빛의 속도로 부동산에 전화했더니 셰어 하우스 가능이고 계약도 할 수 있는 상태였다. 그 순간 몹시 흥분한 우리는 바로 기세를 몰아 다음 주말에 집을 보러 가기로 예약을 잡았다.

　그리고 찾아온 주말, 두근두근 설레는 마음을 안고 부동산으로 향했다. 그 집은 역에서 약간 떨어져 있어 부동산 차로 이동했다. 지은 지는 확실히 오래됐지만, 싱크대도 깨끗하고 채광도 아주 좋았다. 방마다 남쪽에 베란다도 있고 작지만 정원도 있었다.

나　호텔 1층에 있을 법한 정원이네.

부동산 중개인　집주인께서 나무를 베거나 하지만 않으면 입주자가 손봐도 괜찮다고 하셨어요.

마루야마　와~ 텃밭 찬스!

수납공간으로는 붙박이장뿐만 아니라 신발장도 있어 옷을 좋아하는 가쿠타와 마루야마가 뛸 듯이 기뻐했다. 게다가 북쪽 방에도 시스템 행거가 설치돼 있어서, 다시 한 번 뛸 듯이 기뻐하는 두 사람.

마루야마　신발 수납은 걱정 없겠다~!

가쿠타　시스템 행거 위에 선반이 있으니까 기모노 둬도 될까요?

미카미·나　되고말고요~.(갓쓰 포즈ガッツポーズ◆로.)

그래, 여기를 모두의 창고로 쓰면 좋겠네. 생활하는 이미지가 떠오르는 집은 좋은 집이다.

　나는 은밀히 확인하고 싶은 게 있었다. 그것은 바

◆　기쁨을 표현하는 동작. 주먹을 쥐고 팔을 구부려 들거나 머리 위로 올린다. 주로 스포츠 경기에서 좋은 성적을 거두었을 때 취한다.

로 콘센트 개수. 덕후는 전자 기기를 많이 갖고 있다. 현재 혼자 사는 집은 가전과 게임기, 컴퓨터, 태블릿 등으로 전선이 넘쳐난다. 그래서 이사할 집의 콘센트 개수가 궁금했다. 오래된 집은 콘센트 개수가 대체로 적은데, 이 집은 준공 연도에 비해 많은 편이라 안심했다.

그런데 텔레비전 안테나선은 거실에만 있었다. 우리는 텔레비전보다 인터넷으로 보는 타입. 그래서 선이 거실에만 있어도 상관없고, 내 블루레이 리코더를 사용하면 보고 싶은 프로그램을 놓치는 일도 없다.

우리가 본방 사수하려는 프로그램은 당시 방송 예정이던 애니메이션 「앙상블 스타즈!」 정도였다. 그런데 그 무렵 계속해서 첫 방송이 연기되는 통에, 과연 방송하려나 걱정했었다. 그 밖에는 음악 방송에 최애가 나오거나 하는 돌발 상황이 대부분이라 리모컨 전쟁으로 치고받고 싸울 일은 없을 터다.

얘기가 딴 데로 샜는데, 다시 본론으로 돌아가자. 거실 옆 4평 정도의 공간에는 책장 같은 선반이 있어서 서재 느낌이 났다. 집을 둘러보니 전체적으로 뭔가 문화적인 일을 하는 사람이 살았을 법한 분위기가 느껴져서 우리는 이 집을 '문화적 하우스'라 부르기로 했다.

간절하게 이 문화적 하우스(가칭)에 살고 싶어진 우리들. "집주인이 상당히 좋은 분이라 친구들끼리여도 심사만 통과하면 괜찮을 거예요." 부동산 중개인이 말했다. 윽, 심사……. 프리랜서인 나와 마루야마는 흥이 확 깨지고, 한순간에 현실로 돌아왔다.

하지만 밑져야 본전. 입주 신청은 어차피 공짜다. 그보다도, 절실하게 이 집에 살고 싶어서 입주 신청을 했다. 돌아가서도 의논하려고 열심히 동영상을 촬영하고 우리는 문화적 하우스를 뒤로했다.

그런데 문제가 생겼다. 미카미의 부모님이 셰어 하우스 입주를 반대한 것이다.

30대 덕후, 결혼과 셰어 하우스 사이에서

집을 나간다는 것은 독립이나 결혼을 해서 나간다는 의미이다. 친구끼리 하는 동거는 허락할 수 없다. 미카미 부모님의 생각은 이러한 듯했다.

나는 일찍 집을 나오기도 해서, 부모님께 그다지 잔소리를 들은 적은 없다. 셰어 하우스 얘기를 했더니 "좋을 대로 해"라는 반응이었다. 하지만 집을 나간다는 것이 부모님께는 아주 큰 사건임을 알고 있다. 정체불명의 중년 여성 하우스에 보낼 수는 없을 터. 어쩔 수 없지. 우리가 미카미의 부모님과 싸울 이유는 없다. "미안해요"라고 사과하는 미카미, "뭐, 우리도 일을 너무 서둘렀어"라는 나머지 셋. 자, 어찌할까나~.

세 사람이 상의해서 나온 선택지.

- 추가 인원 모집
- 셋이 살 집을 찾는다

일단 둘 다 염두에 두고 찾아보기로 했다.

그러고 보니 그 친구, 집세가 비싸다고 앓는 소리를 했었는데~. 우선 생각난 사람은 몇 번인가 함께 일을 하면서 친구가 된 동년배 편집자 유메미야다. 대형 출판사에서 근무하는 일 중독자로 월급은 많이 받지만, 2.5차원 공연 티켓을 사는 데 수입 대부분을 쏟아부어 집세가 몹시 부담스럽다고 했었다.

| 나 | 저번에 지금 사는 집, 월세가 너무 비싸다고 불만스러워했잖아. 내가 이번에 셰어 하우스 생활을 하려고 하는데 어때? |
| 유메미야 | 좋겠다! 근데 그런 생활을 하면 반드시 혼기 놓칠 테니까 사양할게! 나 아직 결혼 포기 안 했거든! |

맞다, 맞다, 잊고 있었다. 그녀가 2.5차원 공연의 늪과 구혼 활동의 늪에 빠져있던 게 생각났다. 아무래도 남녀가 사랑을 나누려면 기회가 생기는 장소는 많은 편이 좋다. 친구와 함께 살면 관계를 전제로 한 "우리

집 갈래?"는 하기 힘들다. 구혼 활동에는 불리하게 작용할 가능성이 크겠지.

나   그렇구나. 그럼 어쩔 수 없지. 집 정해지면
           놀러 와~.

유메미야   응응! 꼭 갈게! 아, 맞다! 기적적으로 「A3!」
           공연 티켓을 손에 넣었어! 되팔기 싫은데
           같이 안 갈래? 지금 최애(배우)가 최애(캐릭
           터)를 한다고~!

너 말이야, 구혼 활동 진지하게 할 마음 전혀 없잖아.

　그건 그렇다 치고, 서른이나 마흔을 바라보는 여자가 셰어 하우스에 살 경우, 아무래도 결혼 생각이 있고 없고는 걸림돌이 될 수도 있다. 1장에서 말한 대로 나는 지금 별로 연애하고 싶은 마음이 없고, 가쿠타나 마루야마도 인생에서 연애의 우선순위가 낮은 편이다. 이것은 단순히 내 생각이지만, 덕후가 셰어 하우스 얘기에 열을 올리는 건 연애나 결혼에 대한 바람이 세상 사람들의 평균보다 낮아서 그럴지도……? 물론

만화『해파리 공주』[*]처럼 금남의 집도 아니고, 사람마다 다르겠지만.

만화『지옥의 걸프렌드』[**]에서는 셰어 하우스에 사는 여자들이 각자의 가치관을 바탕으로 이성 얘기에 열을 올리지만, 우리는 그럴 일은 없을 것이다. 우리 중 누군가가 갑자기 사랑에 빠진다 해도 재밌겠지만.(뭐만 하면 금세 재미로 판단하려고 한다니까.)

그 후로도 몇 사람에게 물어봤는데 "내 집에서 다른 사람이 느껴지는 건 무리" "예전에 금전적인 문제로 셰어 하우스가 끝나버렸다" 같은 이유로 거절당했고, 좀처럼 추가 인원이 구해지지 않았다.

넷이서 사는 게 어렵다면 방 다섯 개짜리 문화적 하우스에는 방이 남게 되고 1인당 부담할 금액도 예산을 초과해버린다. 셋이서 살 집도 찾아봤는데, 솔직히

---

[*] 히가시무라 아키코의 작품으로, 젊은 덕후 여자들이 여성 전용 공동 주택 아마미즈칸에 모여 사는 이야기.

[**] 토리카이 아카네의 작품. 싱글맘, 직장인, 주얼리 디자이너 세 여자가 단독 주택에서 셰어 하우스를 꾸려 함께 살며 각자의 고민을 나누는 내용이다.

'아무런 성과도!! 얻지 못했습니다!!' 상태가 이어지고 있다.

3인×6만 엔이라면 18만 엔으로 방 세 칸짜리 집밖에 빌릴 수가 없다. 부동산 사이트를 보니 4인×6만 엔인 24만 엔짜리 방 네 칸 집이 확실히 더 좋다. 4인 기준으로 찾았을 때보다 조건이 별로인 집만 수두룩해서 흥이 떨어졌다. 게다가 문화적 하우스가 너무 좋았다.

한번은 야마노테선 근처에 있는 단독 주택을 발견하고 괜찮은 것 같아 바로 집을 보러 간 적이 있다. 역시나 집은 좋았는데, 옆집이 암만 봐도 폐허. 유리창은 깨져있고, 이쪽 베란다로 담쟁이덩굴이 침범해 올 것 같고, 여름엔 벌레가 우글거릴 게 뻔했다. 옆집 문에는 의미를 알 수 없는 괴문서 같은 게 붙어있었다. 이 집에 사람이 사는 게 더 무섭겠다.

이래서야 살겠다는 사람이 없겠네, 옆집이 위험하다는 게 함정이네, 라며 터벅터벅 집으로 향했다.

마루야마　우~왕, 문화적 하우스에 살고 싶다~.

가쿠타	살고 싶어~.
나	누구 없으려나.

전철 안, 허탈한 우리들. 천천히 스마트폰을 꺼내 들고 트위터를 보거나 소셜 게임을 하는데, 나처럼 스마트폰을 보고 있던 가쿠타가 나직이 중얼거렸다.(트위터에서가 아니라 실제로.)

"호시노는 어떠려나?"

이것은 우리에게 '도원결의'나 다름없다

기타간토 지방에 사는 호시노는 도쿄에서 동인지 판매회가 열릴 때 가끔 상경하는 소셜 게임 덕후다. 나도 몇 번인가 같이 차를 마시거나 서로의 최애 인형을 교환한 적이 있다. 가쿠타와는 공연 취미가 비슷한 것 같고 나보다도 사이가 좋았던 것으로 기억한다. 분명 직장도 기타간토였을 텐데?

가쿠타	아니요, 호시노 씨 최근에 전근 왔어요. 도쿄에 있는 회사로.
나	그래요?
가쿠타	저번에 만났을 때 출근하는 데 2시간 가까이 걸려서 힘들다고 우는소리를 했어요.
마루야마	그럼 가능성 있는 거 아닌가?

이건 가능성 있겠는데. 곧장 가쿠타가 셰어 하우스 얘기를 꺼내자 관심 있다고 답장이 왔다. 앗싸~!

마침 주말에 가쿠타와 호시노가 공연 보러 갈 약속을 했다고. 쇠뿔도 단김에 빼라고 그날 얘기할 자리를 마련하기로 했다. 그렇게 공연장 근처 아기자기한 카페에 모였고, 우리 셋은 심각한 표정으로 "우린 이 집에 살고 싶은데 결원이 생겨버렸어요. 셰어 하우스 어때요?" 하고 말을 꺼냈다.

호시노	그러게요, 이 집이라면 역에서 지금 직장까지 전철로 20분 정도네요. 지금은 2시간 가까이 걸리니까, 거기에 살면 좋을 것 같아

요. 우리 회사, 전근 가능성도 있긴 하지만 다음 몇 년간 내 차례는 안 올 거예요.

가쿠타　역에서 좀 떨어져 있지만, 역까지 가는 버스정류장이 도보로 3분 정도고, 역 앞에는 자전거 주차 공간도 충분해 보였어요.

마루야마　참고로 내부는 이런 느낌이에요.(집 보러 가서 촬영한 동영상을 보여준다.)

나　집세는 21만 엔이에요. 단순히 넷으로 나누면 5만 엔 좀 넘지만, 집에 있는 시간이 긴 우리 프리랜서가 좀 더 낼 의향은 있어요.

호시노　호오…….

나·가쿠타·마루야마　어떠십니까?

호시노　부모님이랑도 상의하고 싶으니, 일단 집에 가서 생각해봐도 될까요?

'부모님'이라는 단어에 살짝 등골이 오싹해진 셋. 이것만큼은 어찌할 도리가 없기에, 두 손 모으고 기다리는 수밖에 없다.

　며칠 후, "호시노 부모님 OK!" 하고 가쿠타가 메시지를 보내왔다. 얼른 통화 버튼을 누르고, "그 집, 아직 계약 가능해요?" 하고 부동산 중개인에게 물었다. "가능해요!" 좋았어! 다시 메신저로 전환.

나	아직 비어있대요!
마루야마	앗싸! 가능성 있네!
가쿠타	(만화 『도박묵시록 카이지』 이토 카이지의 '압도적 감사……!' 이모티콘)
나	호시노 씨도 이 대화방에 초대해요.
호시노	잘 부탁드려요. (「앙상블 스타즈!」 히다카 호쿠토의 '나 왔어' 이모티콘)
마루야마	(「오소마츠 6쌍둥이」 마츠노 쥬시마츠의 '히지리사와 쇼노스케다, 가보로 삼아야지'◆ 이모티콘)

셋이었던 대화방 구성원은 다시 넷이 됐다. 그리고 저마다 기쁨을 표현하는 이모티콘을 투척했다. 이것은 우리에게 도원결의나 다름없다. 그보다 한 명 더 많지만.

이렇게 얘기하니 마구잡이로 멤버를 모집한 것처럼

보일지도 모른다. 하지만 느슨하면서도 나름대로 규칙이 있었다.

미카미를 포함해 우리는 믹시나 트위터로 이래저래 10년 정도 인연을 이어왔다. 오랫동안 SNS를 보고 있으면, 좋아하는 거나 최애는 물론이고 소통 방법, 시사 뉴스에 어떤 반응을 하는지 등에서 어느 정도 사람됨됨이가 전해져 온다. 취미가 같다 할지라도 가십을 함부로 언급한다거나 최애에 관해서 몹시 실례되는 댓글을 다는 사람과는 한 지붕 아래에서 사이좋게 지내기는 힘들 터다.

그런 점에서 모두 '이 사람은 왠지 괜찮지 않을까'라는 생각이 일치한 듯하다. 절친한 친구처럼 끈끈한 유대로 맺어지진 않았지만, 가치관이 비슷한 것만으로도 함께 사는 건 어떻게든 되겠지 싶었다.

눈물로 밤을 지새우던 그 가을에서 2개월도 채 지

♦ 애니메이션 「오소마츠 6쌍둥이」 1기에 나온 유명한 대사. 쥬시마츠와 쵸로마츠가 금도끼 은도끼 콩트를 하던 중, 정직하게 대답한 쥬시마츠에게 산신령 역할의 쵸로마츠가 단역 캐릭터인 히지리사와 쇼노스케를 선물로 주자 쥬시마츠가 이를 받고 기뻐하며 한 말.

나지 않았는데 얘기가 순조롭게 진행되고 있다. 그러
고 보니 요즘 외로워서 우는 일도 없어졌네.

비로소 알게 된 모두의 본명

'문화적 하우스' 입주 신청을 하려고 부동산 중개인에
게 메일을 보냈더니, 우선 필요한 정보를 적어달라며
파일을 보내왔다.

(1) 입주 희망일

(2) 모든 입주자의 이름, 주소, 전화번호, 연 수입, 근무처

(3) 계약서상 명의자를 한 명 정하고 그 사람의 이름을 기입

(4) 명의자 신분증 사본 첨부

메신저로 멤버들에게 필요한 사항을 전달하니 제각기
답장을 보냈다.

실은 이때까지 본명을 모르는 사람도 있었다. 그동
안 줄곧 닉네임으로 서로를 불러왔기 때문이다. 미안

하지만 예상 밖의 이름에 놀랐다. 본명이 필명 같은 사람도 있구나. 이런 일이 없었다면 계속 모른 채로 지냈을지도 모른다. 어쩌면 이름도 모르는 이들과 함께 생활하려는 것을 이해하지 못하는 사람도 있겠지. 하지만 앞서 말했듯이 SNS를 통해 됨됨이를 파악하고 있었고, 그걸로 아무런 문제도 없으리라 생각했다.

그보다도 모두의 연 수입을 이런 식으로 알게 되는 것이 왠지 모르게 미안했다. 하지만 이것만큼은 어쩔 수가 없다. 다들 미안해요.

메일에는 보증회사의 심사가 필요하다고 쓰여있었다. 그러고 보니 집 보러 방문했을 때도 "여기 집주인은 보증회사 심사만 통과하면 누구라도 괜찮다는 사람이라서" 하고 말했었지.

심사란 무엇인가. 사전을 찾아보니 "자세히 조사하여 채택 여부, 적합성 여부, 우열 등을 결정하는 것"이라는 뜻이었다. 즉, 우리가 월세 21만 엔을 문제없이 낼 수 있을지가 어떤 기준에 의해 판가름 나는 것이다.

부동산 중개인이 보증회사 두 군데 중 어디를 이용

할지 선택하라며 자료를 보내줬다. 한쪽은 심사가 까다로워 요금이 저렴했고, 다른 한쪽은 반대였다. 서류를 캡처해 단체 대화방에 보내고 모두의 의견을 들었다.

마루야마   싼 것보다 더 좋은 건 없긴 한데.

나   그럼 싼 데로 할게요. 먼저 말을 꺼내기도 했고, 내가 계약하고 싶어요. 프리랜서라 어떨지 모르겠지만, 일단 처음에는 내가 해도 될까요?

가쿠타   후지타니 씨가 심사에서 떨어지면, 전근 없는 회사원이기도 하니까 내가 할게요.

호시노   나도 그거라면 문제없어요.

마루야마   윽, 미안…… 내가 사천왕 중 최약체…….

이렇게 우리의 심사 챌린지가 시작됐다.

보증회사는 가지각색인 듯했다. 연대 보증인이 필요 없거나, 계약자 외의 셰어 하우스 멤버가 보증인이 되거나 하는 모양인데, 우리가 선택한 회사는 입주자를 제외한 보증인이 필요했다.

이제껏 대개는 부모님을 보증인으로 세웠고 선택지도 부모님뿐이었다. 아니나 다를까 이번에도 흔쾌히 수락해줘서, 재빨리 서류에 부모님 연락처를 적어 제출했다. 이제는 연락을 기다리는 일만 남았는데……통과하지 못했다! 이런! 보증회사에 전화해서 공저의 제목『모든 길은 비주얼계로 통한다』까지 읽게 했으면서!

부동산 중개인 왈, "후지타니 씨가 프리랜서이기도 하고, 아마도 연대 보증인은 사회보험 가입자만 되는 건지도 모르겠네요." 그래요~? 우리 아빠, 정년퇴직하고 유유자적한 자영업으로 '클래스 체인지' 했는데요!

그렇네…… 지금까지의 임대차 계약 심사는 아빠가 회사원이라 통과한 것일지도.

다음 선택지는 두 가지로, 다른 멤버가 계약자가 된다, 혹은 내가 다른 보증인을 세운다.

아무래도 셰어 하우스는 내가 제안한 것이기도 하고, 누군가에게 책임을 전가하는 것은 내키지 않는다.

이왕 시작한 거 후자를 택해야지. 그리하여 후자의 길로. 밑져야 본전이니 네 자매 중 유일하게 정직원인 셋째에게 머리를 숙였다. 부모님보다 동생에게 하는 부탁이 더 높은 장벽처럼 느껴지는 건 왜일까.

이 셋째로 말할 것 같으면 내가 도쿄로 상경했을 당시, 생활 방식의 차이로 전격 해산한 동생이다. 함께 사는 게 맞지 않았을 뿐, 이러니저러니 해도 가끔 같이 밥을 먹을 정도로 사이는 좋다. 셋째는 나와 달리 사람이 좋으니까 부탁을 거절하지 않을 거라 예상은 했지만, 메신저로 "오호, 이번엔 셰어 하우스야? 재밌겠네! 보증인? 그래~" 하고 바로 답이 와서, 낮은 장벽에 되레 흠칫했다. 보증인의 뜻을 알긴 아는 건가. (나야 고맙지만.) 언니가 깜박하고 집세 안 내는 일 없도록 노력할게.

동생 덕분에 무사히 심사 통과! 헤헷! 근데 이 시스템, 형제자매가 없으면 상당히 불리하지 않나? 물론 보증인은 부모님이 아니어도 된다. 하지만 현실적으로 보증인을 자진하는 사람은 좀처럼 없을 터다. 저출생과 고령화가 진행되는 사회에서 향후 문제가 될 수도. 이미 문제인가?

어쨌든 심사를 통과했으니 집은 우리 손에 들어온 거나 마찬가지. 바라고 바라던 계약을 진행할 수 있게 됐다.

이때까지만 해도 집세 21만 엔을 어떻게 나눠 낼지 정하지 않았다. 하지만 어쨌든지 지금 사는 8만5000엔짜리 원룸보다는 저렴할 테고, 주거 환경도 눈에 띄게 개선될 것이다. 셰어 하우스의 첫 번째 지원 동기인 '생활비 절약'은 해결이다. 헤헷.

해보자 한번, 후회하지 말고

근데 그 전에 작은 문제가 발생했다. 호시노가 다니는 회사에는 집세를 보조해주는 복지 제도가 있다. 조건은 "본인이나 배우자 또는 가족이 계약한 임대 주택일 경우"다. 흐~음. 이 셰어 하우스는 한 집에 4세대가 사는 셈이다. 내 명의로 계약한다면 집세 보조는 받을 수 없다. 어깨가 축 처진 호시노.

호시노	임대차 계약서에 이름이 없으면 내가 집세를 내는 게 증명되지 않나 봐요!
마루야마	대기업!
나	프리랜서로 지낸 지 너무 오래돼서 거기까지 생각 못 했네요.
가쿠타	역시 대기업답네요.
호시노	우리 회사, 도무지 융통성이라곤 찾을 수가 없어요.

즉, 이 조건을 만족시키려면 네 사람 모두 계약자가 된 다음, 집세를 각각 부담한다고 명시한 문서를 작성해야 하는 건가? 음, 그게 가능한가? 부동산 중개인에게 밑져야 본전이지 싶어 물어봤더니, 그건 좀 어렵겠다는 대답이 돌아왔다. 그렇군요~.

"사전에 개인별로 집세를 정해 계약해버리면, 누군가 빠진 경우에도 남은 사람만 집세를 낸다면 괜찮은 게 됩니다. 그건 집주인에게 불리하니까요." 그렇군요~.

난 대기업에서 근무한 경험이 없지만, 복지 제도가

아무리 좋아도 조건에서 벗어나는 사람에게 지원을 해주지 않는다면 무슨 소용인가. 도저히 이해할 수 없는데~.

무슨 방법이 없을까? 호시노가 사내 규정을 확인해보니, 집세를 보조받는 데 필요한 서류는 "임대차 계약서 혹은 그에 준하는 것"이었다. 그렇다면 '준하는 것'이 있으면 되겠네! 누가 이기나 어디 한번 해보자는 마음으로 집주인과 우리 넷, 부동산 중개 업체가 '납부 배분 승낙서'를 작성하기로 결의했다. 규칙을 독자해석해서 억지를 부리는 건 덕후의 특기다.

집세 21만 엔은 집에 있는 시간을 고려해 프리랜서들이 좀 더 내기로 정한 후, 나와 마루야마가 6만 엔, 가쿠타가 5만 엔, 호시노가 4만 엔을 부담하기로 했다. 뭐, 넓은 부엌과 물 데움 기능이 딸린 욕조가 있는 집을 6만 엔으로 손에 넣을 수 있다면 싼 편이지. 이 서류를 회사에 제출하고 턴 종료!

물론 이 서류는 법적 효력이 없다. 하지만 상대하는 건 법이 아니라 하나의 회사니까 할 수 있는 데까지 해보자.

아무래도 전례가 없던 탓에 총무팀이 상당히 고심했던 모양이다. 그래도 결국에는 심사를 통과했다. 앗싸! 말하길 잘했네!

호시노가 왜 이렇게 버텼냐면, 최근 회사 내에 우리처럼 '남성의 육아휴직은 전례가 없다'라는 이유로 육아휴직 신청을 거부당할 뻔한 동료가 있었기 때문이다. 그는 회사와 끈질기게 교섭한 끝에 정식으로 육아휴직을 받아낸 모양이다. 이러한 '전례'가 있었기에 호시노는 셰어 하우스 집세 보조도 교섭하면 가능할 거라 여긴 듯했다. 내가 몸담은 회사를 조금씩 바꿔나가면 사회도 개방적으로 변화할지 모른다. 이것을 부동산 계약에서 깨닫게 될 줄이야.

말하길 잘했던 건 계약 기간도 마찬가지였다. 이 집은 도쿄의 다른 임대 주택과 마찬가지로 2년 계약이지만(※재계약 가능), 만일 2년 계약으로 끝나버릴 경우, 다음 이사 비용 등을 생각하면 '가성비'가 좋지 않다.

그래서 이것 역시 밑져야 본전으로, 오래 거주하고 싶은데 계약 기간을 조금 연장할 수 있을지 부동산 중개인을 통해 집주인에게 부탁했더니 흔쾌히 3년 계약으로 변경해줬다. 축하 이모티콘이 이어지는 단체 대화방. 앞으로도 '말하길 잘했네!'의 경험을 쌓으며 즐겁게 생활하고 싶다.

어느덧 연말이 코앞으로 다가와, 직접 계약서를 주고받는 건 연초로 미루기로 했다. 일단 각자 이사 준비를 하거나 새집에 필요한 가구를 고르면서 지내기로 했다. 메신저로 입주일을 상의하는데, 그땐 이미 동거 생활이 시작됐겠다며 내년 얘기로 분위기가 고조됐다.

호시노　　　곧 있으면 설날이네요.

가쿠타　　　내년 크리스마스에는 트리 살까요?

나　　　　　차라리 가도마쓰門松♦를 사는 건?

마루야마　　어디에 보관해요?!

직업상 연말은 아무래도 정신없이 돌아간다. 연말 일정과 이사 준비로 개인 스케줄은 궤멸 상태에 빠졌지만 기분은 좋았다. 작년 이맘때는 연인과 헤어진 직후라 최악의 정신 상태로 이사를 준비했다. 똑같이 연초에 하는 이사여도 이번에는 '즐거운 이사'라서 삶이 한결 나아진 것 같았다.

티켓도 굿즈도 아닌, 무려 집

계약은 1월 17일, 입주는 25일로 정해졌다.

초기 비용은 103만4219엔! 넷이 나누면 약 25만 엔으로 혼자 살 때보다는 저렴하지만, 그래도 액면가에 내심 놀랐다. 덕후는 '100조 엔'이란 말을 쉽게 하는데, 1억 분의 1인 100만 엔도 충분히 큰 금액이다. 호시노는 조금 늦게 입주하게 돼서, 첫 달 집세만 셋이 부담하기로 하고 계약일까지 각자 집세를 내 계좌에 이체하는 걸로 정했다.

친구와의 돈거래는 티켓을 대신 결제하거나 굿즈나 동인지를 사다 주거나 해서 경험은 있지만, 이번엔 보다시피 자릿수가 다르다. 어쩌면 두 자릿수 정도 차이

◆　새해를 맞이해서 문 앞에 세워두는 장식 소나무.

날지도 모른다. 다른 사람의 돈을 수십만 엔씩 맡는다는 건 상당히 부담스럽다. 계약 당일에~ 빨리 와줘~!

그리고 맞이한 계약 당일, 난 공교롭게도 고열에 시달렸다. 어깨 통증과 더불어 온몸이 뻐근했다. 솔직히 집에 누워있고 싶었지만 어쨌든 계약 명의자고, 아무래도 누군가 빠지는 건 내키지 않아 의식이 몽롱한 상태로 몸을 일으켜 부동산으로 향했다.

모두가 무사히 한자리에 모였는데, 부동산 중개인이 전에 방문했을 때와 달리 멤버 한 명이 바뀐 것을 지적했다. 셰어 하우스는 멤버가 바뀔 수 있다고 미리 말하긴 했다. 하지만 이 시점에서 바뀐 것은 역시 의아해할 만하다. 물론 원래대로라면 진작 말했어야 했다! 헤헷! 앞으로 멤버가 갑자기 바뀌는 일은 없을 거라고 굽신굽신 변명하는 우리들.

모두 계약서를 읽고 이상이 없는지 확인했다. 엄숙히 계약서에 도장을 찍고, 무사히 계약 종료. 돈을, 돈을 이체해야 한다. 모두가 숨죽이고 지켜보는 가운데 부동산 카운터에 앉아 인터넷뱅킹으로 약 100만 엔을 이체하려 하는데…… 어라? 안 되네. 어째서? 확인해보니 이체 한도가 제한된 듯해 부랴부랴 다시 설정했다. 통장 잔액이 빠르게 바뀌는 경험은 좀처럼 하지 못했기에 숨이 멎을 것 같았다. 사랑인가?

처음엔 카드 결제하고 포인트로 로봇청소기를 살 계획이었는데, 이 부동산은 카드 결제가 불가능했다. 아아, 로봇청소기~.

다음으로 '에어컨 없는 방이 있던데 설치해도 되는지' '집 보러 갔을 때 욕실 환풍기에서 이상한 소리가 나던데 확인해줄 수 있는지' 이것저것 물어봤다. 나를 제외한 멤버는 부동산을 나온 뒤, 창문 크기나 세탁기와 냉장고 둘 자리를 보기 위해 문화적 하우스로 향했다. 나? 당연히 병원으로 갔지! 독감이었다. 모두에게 옮기지 않아서 다행이다.

그날 밤, 메신저로 계약의 기쁨을 나누며 앞으로의 일을 얘기했다.

가쿠타　　　계약이 무사히 끝나서 다행이에요.

나　　　(만화 『팝 팀 에픽』 포푸코가 안도하는 이모티콘)

마루야마　　앗싸~.(애니메이션 「킹 오브 프리즘」 히로 '무한

허그' 이모티콘)

호시노 난 입주가 좀 늦지만, 잘 부탁드려요~.(「오
소마츠 6쌍둥이」 도게자土下座♦ 이모티콘)

나 아, 함께 살기 전에 말해두고 싶은 게 있는
데, 한창 바쁠 때는 새벽은 물론이고 해 뜰
때까지 일할 테니, 신경 쓰일 거 같으면 얘
기해주세요.

호시노 내가 옆방인데 그다지 신경 쓰이지 않을 것
같아요~.

가쿠타 거실 옆이 마루야마 씨 방이니까 밤늦게 들
어올 때 소리 내지 않게 조심할게요.

마루야마 도저히 안 될 거 같으면 귀마개 살게요.

가쿠타 난 목욕을 1시간 넘게 해요. 휴일에는 2시
간 정도.

나 프리랜서는 아무 때나 목욕해도 괜찮으니
까 그 시간 피해서 하면 괜찮아요! 그리고

♦ 사죄하거나 간청할 때, 무릎을 꿇고 앉아 이마를 바닥에 대고 엎
드리는 행위.

나, 전깃불 끄는 거나 문 잠그는 거 자주 깜박하는데 되도록 고칠게요…….

마루야마 전깃불은 저도 깜박해요. 이 집은 가스레인지가 아니라 인덕션이니 화재는 괜찮겠지.

호시노 그러고 보니 나……(이하 생략).

대화는 차츰 자신의 안 좋은 점을 발표하는 세미나처럼 변해갔고, 밤도 깊어갔다. 내가 독감으로 앓아누운 가운데, 모두가 새로운 생활을 준비해줬다. 혼자라면 불가능했겠지. 멤버가 바뀌거나 심사에 한 번 떨어지는 예상 밖의 일도 있었지만, 출발은 이래저래 순조로운 듯하다. 열은 안 내리지만 마음은 편안하다. 아무쪼록 앞으로도 편안한 마음으로 이사를 준비하고 싶다.

소파 필요해! 필요 없어! 아침까지 실시간 토론!

집은 정해졌으니 이 집을 본거지로 한다. 이제 집 안을 채워나가야 한다. 가구 선택은 거실부터 하기로 했다. 모두 모이는 장소니까 어떤 분위기로 할지 상의해야겠지.

나	거실 조명은 까만 샹들리에로 하고 싶어요. 근본이 비주얼계라서…….
가쿠타	그건 청소가 큰일.
나	안 될까요(웃음)?
마루야마	안 되는 거로(웃음).
호시노	안 돼요(웃음).

다수결로 유명 인테리어 숍 프랑프랑의 심플한 조명으로 정했다. 따, 딱히 나도 정말로 까만 샹들리에를 사려고 한 것은 아니거든!

마루야마	후지타니 씨는 어떤 분위기로 하고 싶어요?

나	음~, 심플한 느낌? 전혀 구체적이지 않아서
	미안해요.

디자인을 배운 적 있는 마루야마가 단체 대화방에 사진 몇 장을 올리고 설명했다.

마루야마	이게 미드 센추리 모던, 이게 인더스트리
	얼, 이건 컨트리.
나	흠……. 맘에 쏙 드는 건 아니지만, 미드 센
	추리 모던이 좋으려나~.
가쿠타	질리지 않는 디자인이 좋겠어요.
호시노	조명 디자인이랑 맞추는 게 좋겠는데요.

결국 프랑프랑이나 가구 회사 니토리의 제품으로 최대한 미드 센추리 모던 느낌을 내보자고 결론지었다.

거실 면적을 크게 차지할 식탁 선택은 프리랜서들과 회사원들의 합의가 필요했다. 프리랜서들은 거실을 작업 공간으로도 활용하고 싶어서 길이 180센티미터 정도 되는 식탁을 원했다. 반면 회사원들은 그렇게 하면 동선에 방해될 것 같다고 반대했다. 절충해서 160센티미터짜리로 결정했다. 식탁 의자는 일할 때 장시간 앉아있는 걸 고려해, 쿠션이 단단하고 관리가 편한 방수 커버 제품으로 정했다. 둘 다 니토리 제품 이다. 역시 캐치프레이즈대로 "가격 그 이상".

그런데 뭔가 착오가 생긴 건지 원래부터 그랬던 건 지, 식탁 의자 세트가 입주하고도 한참 뒤에 배송된다 는 사실을 뒤늦게 깨달았다. 즉, 한 달 정도 한겨울 차 가운 거실 바닥에 앉아 식사해야 할 처지가 된 것이 다. "가격 그 이상"……. 우리가 제대로 확인하지 않은 게 잘못이지만!

7평 거실은 아무것도 없으니 넓게 느껴졌다. "소파 가 있으면 좋겠네" "본가에 남는 안마의자가 있었던 거 같은데 여기 둘 수 있으려나" 다들 신나서 얘기했 지만, 예전에 거실이 넓은 집에서 두 사람이 동거한 경험이 있는 나는 소파는 반대였다.

나   분~명히 소파 위에 물건만 수북수북 쌓일
         거예요!

마루야마	그럴까요?
나	그럼! 이라기보다 내가 그럴 거예요. 하지 말라고 해도 할 듯. 난 그런 인간이라서.
호시노	그러고 보니 지금 본가 소파 위에도 가족들이 이것저것 올려놨어요.
나	마루야마 씨 작업 공간도 있으니까 우선 식탁이랑 의자를 두고 다음에 뭘 구매할지 생각해보는 편이 좋겠어요(밀어붙임).
가쿠타	그게 좋겠네요.

실제로 살아보니 거실은 식탁과 의자만으로 충분했다. 평면도만 봤을 땐 이것저것 좀 더 둘 수 있을 것 같았지만, 동선을 생각하면 가구가 적은 편이 좋다. 다만 손님용 의자도 필요한 듯해서 비슷한 디자인의 작은 의자 두 개를 구매했다. 평소에는 간식이나 우편물을 올려두는 용도로 쓴다.

그리고 사람이 넷이나 함께 살다보면 자잘하게 공유하는 물건이 생긴다.

가쿠타	요통이 무서워서, 욕실 의자는 다리가 높았
	으면 좋겠어요.
마루야마	저도 바라는 거 말해도 될까요? 세면대는
	벽걸이형이 좋아요.
나	그러고 보니 욕조 덮개, 집 보러 갔을 때 없
	던 거 같아요.
호시노	그것도 청소하기 편한 게 좋겠네요.

그리하여 욕실 세트는 세면대나 스펀지를 포함해 '절대로 물때가 생기지 않는 것'으로 장만해 욕실 벽에 주렁주렁 매달아놓았다. 확실히 청소가 매우 편하다.

우산 꽂이도 샀다. 현관이 넓기도 하고 사람도 많아서 지금까지 쓰던 것을 쓸 수는 없었다.

호시노	한 사람당 한 개면 4개용?
가쿠타	손님 우산이나 갑자기 사게 되는 비닐우산
	을 생각하면 큰 게 좋을 것 같아요.
나	가정용보다 큰 건 대용량뿐이에요. 36개용
	은 필요 없잖아요. 사무실도 아니고.

찾아보던 중, 쇼핑몰 라쿠텐에서 10개용 우산꽂이를 발견해서 만장일치로 구매했다.

대화하다보면 이렇게 사소한 물건 하나를 살 때도 생각지 못한 부분에서 의견을 고집하는 사람이 있다. 멤버 모두가 보기에 나도 그런 면이 있겠지. 다른 사람과 함께 살기 위해선 대화를 거듭해나갈 수밖에 없다고 다시 한 번 느꼈다.

호시노가 구매한 가구와 가전을 입력하면 누가 얼마를 내야 하는지 자동으로 계산해주는 구글 스프레드시트를 만들어줘서 정산하기가 수월했다. 고마워, 호시노. 고마워, 구글 스프레드시트.

큰 지출은 거실의 7평형 에어컨으로 24만 엔 정도. 윽, 비싸다. 다행히 사지 않아도 되는 가전과 가구도 의외로 많았다. 거실 텔레비전은 거의 안 쓴다며 가쿠타가 제공했고, 세탁기와 전자레인지, 전기밥솥은 내가 작년에 이사하며 바꾼 것을 그대로 쓰면 된다. 냉장고는 '소소한 파티' 그룹의 친구가 더 큰 걸로 바꿀 거라며 400리터짜리를 줬고, 텔레비전 받침대도 마루야마의 친구가 쓰지 않는다며 집까지 가져다줬다.

오랫동안 친구 관계를 유지하다보면 생애 단계의 변화에 따라 어쩔 수 없이 거리가 생기는 일도 있다. 하지만 이럴 때 모두가 모여서 즐겁게 도와주니 (물리적인 도움은 아니지만) 고마울 따름이다.

네 명의 문패를 달다

이사하기 전에 각자 방을 정했다. 이 단독 주택은 1층에 거실과 4평짜리 방, 2층 남쪽에는 붙박이장이 있는 3.5평, 붙박이장이 없는 3.8평과 3평, 그리고 북쪽에 3평짜리까지 총 다섯 개 방이 있다.

거실 한편을 작업 공간으로 쓰고 싶은 마루야마가 자동으로 1층의 4평짜리 방으로. 벽에 책장을 두고 싶었던 난 붙박이장이 있으면 오히려 거추장스럽다. 그래서 모두가 원치 않는 2층의 붙박이장 없는 3.8평 방으로. 나머지는 가위바위보로 가쿠타가 3.5평, 호시노가 3평 방을 쓰는 것으로 결정했고 남은 북쪽 3평 방은 창고로 정했다. 좁은 방을 배정받은 호시노는 집세가 약간 저렴해졌다.

이어서 이삿날 조정이다. 늦게 입주하는 호시노를 제외하고 세 사람의 이삿날을 정해야 한다. 겹치면 대혼란에 빠지니까.

나 입주일은 1월 25일 금요일이니까 평일에 움직일 수 있는 나와 마루야마 씨가 이날 이사할까요? 가쿠타 씨는 토요일에 이사하고.

가쿠타 그렇게 해주시면 감사하죠.

마루야마 난 금요일은 일 때문에 조금 힘들고, 월요일이 좋겠어요.

나 그럼 내가 금요일에 중개인한테 키 받고 이사할게요. 그날 수도랑 가스도 신청할게요.

호시노 떠맡기는 꼴이 됐지만, 잘 부탁드려요~.('이라스토야いらすとや'◆의 '꾸벅' 이모티콘)

◆ 무료 일러스트를 제공하는 사이트로, 일러스트레이터 미후네 다카시가 운영자다. 독특한 그림체, 풍부한 자료로 유명하며 서브컬처 관련 일러스트도 많다.

그 후 한동안은 각자 이사 준비에 매달렸다. 나는 전에 이용했던 이사 업체에 의뢰하고 "혼자 사는 사람의 짐이 아니네요"라는 말을 들었지만, 짐 싸는 것까지 포함해 7만5000엔으로 해결했다. 어깨를 다친 나에게 포장 이사는 고마울 따름이다. "전화 통화 안 된다고 체크했으면 전화 좀 걸지 마, 이사 견적 사이트!" 화가 난 마루야마와, "엘리베이터 없는 3층에서 대형 가전제품을 버리는 건 힘들어~" 한탄하는 가쿠타. 메신저 대화방은 날마다 왁자지껄했다. 게다가 마루야마도 가쿠타도 이삿짐 부피를 놓고 업체와 실랑이를 벌인 듯했다.

드디어 첫 번째 입주자인 내가 이사하는 날. 단독주택으로 이사하는 것은 처음이라 내 설명이 정확하지 않았던 데다 오래된 집이라 계단과 복도가 좁아 이사 업체 직원이 당황한 듯했지만, 저녁나절에는 모두 무사히 끝났다. 그리고 미리 배송일을 지정했던 욕실 용품과 우산꽂이 등이 도착해서 설치도 마쳤다. 사진을 찍어 단체 대화방에 올렸다.

나	이렇게 배치했어요.
마루야마	앗, '집'이네.
가쿠타	감사해요!
호시노	이렇게 보니 실감이 나네요.

아무래도 물건이 갖춰지니 집 느낌이 난다. 혼자 있으니 집이 몹시 넓게 느껴져서, "와~ 새집이다~!" 하고 거실에서 괜히 앞구르기를 하거나 골덴 봄바의 〈남자답지 못해서〉에 맞춰 춤을 추는 등 얼추 의식을 끝내고 나니 이미 날은 저물었다. 그나저나 춥다! 으윽, 추워! 중요해서 두 번 말했다.

　1월 말, 오래된 목조 주택. 사람이라고는 나밖에 없기도 하고, 밤이 되자 바닥에서 냉기가 올라와 엄청나게 추웠다. 실내 온도는 밖과 다를 바 없다. 왠지 내 방 온도 조절기의 난방 기능도 상태가 좋지 않은 것 같다. 고조된 기분과 추운 방의 온도 차에 텐션이 실로 '하이앤로우HiGH&LOW'. 그날은 짐 정리도 하는 둥 마는 둥 하고, 이불을 뒤집어쓰고 바들바들 떨다가 잠이 들었다. 몸은 추웠지만 앞으로 시작될 새로운 생활에 대한 설렘으로 마음만은 따뜻했다.

　토요일은 가쿠타의 이삿날. 놀랍게도 가쿠타의 어머니도 이사를 도와주기 위해 방문하셨다. 내 부모님은 그렇다 치고 다른 멤버의 부모님이 이 셰어 하우스를 어떻게 생각하실지 불안했다. 그런데 가쿠타네 어머니가 꽤 재밌어하시는 것 같아 살짝 마음이 놓였다. 함께 전자레인지 선반도 조립했다!

　월요일에는 마루야마가 이사를 왔는데, 우울한 얼굴을 하고 있었다. 이유를 묻자, 어제 연예 기획사 쟈니스 팬인 친구가 이삿짐 싸는 걸 도와줬다고. 그러고 보니 2019년 1월 27일은 쟈니스 소속 그룹 아라시가 활동 중단을 선언한 날이다. 망연자실한 친구와 함께 침울하게 이삿짐을 싼 모양이다. 그건 누구의 탓도 아니다.

　지금까지 입주한 멤버 모두 이사 업체 직원에게 "셰어 하우스라니 특이하네요"라는 말을 들었다. 그렇게 특이한 걸까?

　셋이 모인 월요일 밤에는 거실 바닥에 과자를 펼쳐 놓고 간소하게 축배를 들었다. 앞으로 편안한 마음으로 사이좋게 생활하면 좋겠다. 바닥은 여전히 엄청나게 차갑지만! 이 집은 거실에도 가스 밸브가 있어서, 가스 팬히터를 구매 검토 항목에 냉큼 넣었다.

다음 날 아침, 출근하던 가쿠타가 이 집에 아직 문패가 없다는 사실을 알아차리고 메신저를 보냈다.

가쿠타   그러고 보니 문패는 어떡해요?

나   아, 까맣게 잊고 있었네.

마루야마   돌에 새긴 것 같은 고급스러운 문패라면?

나   거기에 우리 이름 다 넣고요.

호시노   근데 그렇게 하면, 만약 누군가 빠지게 될 때 난감할 거 같은데요.

나   진지하네요.

결국 한 사람당 하나씩 자석 문패를 제작했다. 네 개를 우편함에 붙이니 문화적 하우스가 정식으로 우리 집이 된 것 같았다.

본가 분위기 물씬 풍기는 하우스

그 후 호시노도 무사히 입주했다. 합의가 필요했던 식탁도 도착했다. 배치를 마치고, 그날 밤 곧바로 모두 모여 식탁에 둘러앉아 저녁 식사를 했다.

나   고기다~!(선홍빛이다~!)

새 식탁에 핫플레이트를 떡하니 올려놓는다. 집에서 고기 파티가 열린다. 큰맘 먹고 준비한 소고기를 중심으로. 그렇다고 해도 기름진 음식을 많이 먹지 못하는 나이라 채소도 수북이 준비해서 건강을 챙긴다. 엑스 재팬X JAPAN을 얘기할 정도의 텐션은 아니려나.

마루야마   고기 굽자.
나   채소 맛있다.
호시노   금세 거실에 연기가 차네요.
나   채소 맛있다.◆
가쿠타   고기도 먹어요.

그러고 보니 이 집에는 주당이 없네. 그것이 이 멤버가 모인 이유 중 하나일지도 모른다고, 술을 잘 마시지 못하는 나는 한 손에 우롱차를 들고 생각했다. 다른 멤버들은 술을 마시긴 하지만, 많이 마신다기보다 음미하며 즐기는 편이라 리큐어 종류나 특이한 외국 맥주가 부엌에 놓여있기도 하다. 다음에 나도 살짝 마셔봐야지. 물론 억지로 술을 마시게 강요하는 사람은 없고, 각자 먹고 싶은 걸 알아서 구우며 자신의 속도에 맞춰 마신다. 잔소리하는 사람도 술주정하는 사람도 없는 고기 파티는 마음 편하고 즐겁다.

식사가 끝나고 아이스크림을 만끽하고 있는데, 가쿠타가 "이런 말 해도 될까요?" 하고 입을 열었다.

가쿠타　　있잖아요…… 왠지 이 집, 본가 같지 않아요?

나　　　　(말이 끝나기도 전에) 알 것 같아.

마루야마　맞아.

◆　만화 『귀멸의 칼날』에서 등장인물 렌고쿠가 도시락을 먹을 때 상대가 무슨 말을 해도 "맛있다"라는 말만 반복하는데, 그걸 따라서 "채소 맛있다"라고 계속 말하는 것 같다.

96

호시노　　　나는 온 지 얼마 안 됐지만, 너무 공감해요.

그렇다, 이 거실은 아무리 봐도 본가 같다.

　물론 실제 본가와는 집 구조도 그렇고 모든 게 다르지만, 분위기가 본가 같다고나 할까, 초등학교 때 친구 집 같다고나 할까. 문고리 모양새나 간접 조명의 디자인, 사소한 디테일이 절묘하게 오래된 느낌이라서 편안한 분위기가 물씬 풍긴다. 예산에 맞게 선택한 디자인 가구도 이 본가 분위기에 딱 들어맞는다. 이 집만의 아늑한 맛이 있다.

3장

덕후 하우스의

사계절

문화적 하우스, 모두의 '최애'가 되다

덕후 세계에는 '신규 하이新規ハイ'라는 현상이 있다. 새로운 장르나 최애에게 푹 빠져 "눈에 비치는 모든 것이 메시지"◆가 되는, 기분 좋은 느낌이랄까. 이사 오고 나서 우리는 완전히 이 상태였던 것 같다.

　나로서는 본가에서 나온 뒤로 첫 단독 주택 생활이다. 넓은 거실, 다리를 뻗을 수 있는 욕조, 햇빛이 잘 드는 베란다…… 내 수입으로는 살 수 없는 집이다. 앞에서도 말했듯이 준공 연도를 제외하고는 불만스러운 게 없다. 입주 초에는 모두 "집 너무 좋아~" "진짜 1000퍼센트 사랑해~" 하고 입을 모아 말할 정도였다.

◆　애니메이션 「마녀 배달부 키키」의 엔딩곡 〈따스함에 안겨진다면(やさしさに包まれたなら)〉의 가사.

이렇게 사랑스러운 집이지만, 어떤 최애든지 너무 빠져버리면 좋지 않은 방향으로 흘러가기 마련이다. 최애를 향한 마음이 흘러넘친 나머지 의욕까지 넘쳐 났던 경험은 무언가의 팬이나 덕후라면 누구나 한두 번쯤 있을 터. 이 집에도 그 일이 일어났다. 입주 초에 '집 관리를 잘해야지!' 하고 모두가 어깨에 힘이 들어 갔던 거다.

하루는 방을 나오니 마루야마가 복도를 청소하고 있었다. 앗, 거긴 내가 어제 청소한 곳인데.

나　　　　아, 복도 청소 어제 했어요.

마루야마는 "아~, 그랬구나. 어쩐지 깨끗하더라니"라 며 손을 멈췄다.

나　　　　진작 말했어야 했는데, 미안해요.
마루야마　아니에요. 그러면 오늘은 다른 곳 청소할 게요.

어느 날은 욕실에 낀 석회를 제거하고 싶어서 남은 목욕물에 구연산을 넣고 꼼꼼하게 청소할 생각으로 욕실로 향했는데, 호시노가 목욕물을 빼면서 청소 준비를 하고 있었다. 구연산 봉지를 들고 나타난 나를 보고 "앗, 죄송해요!"라며 당황해했다. "아니에요. 나야말로 미리 말 안 해서 미안해요. 내일은 내가 할게요~"라고 미뤄둔 다음 날 아침, 가쿠타가 목욕물을 빼고 있었다(이하 반복).

'호렌소ホウ·レン·ソウ◆가 무너졌다. 이런 일이 쌓이고 나서야 비로소 집안일을 관리하자는 말이 나왔다. 아무래도 가사 분담을 명확하게 해둬야 두 번 수고하지 않으니까.

호시노　　이런 건 역시 앱으로 할까요?

마루야마　그러면 '할 일 목록'으로 정리할까요?

가쿠타　　괜찮은 앱 있나 찾아볼까요?

◆　일본의 기업 문화에서 가장 중요하다고 여겨지는 소통 요소 세 가지, 보고(ほうこく)·연락(れんらく)·상담(そうだん)의 머리글자를 딴 말.

나   그래요~.

이것저것 비교해본 뒤, 여러 명이 공유할 수 있고 할 일을 하루뿐 아니라 연 단위로 반복해서 지정할 수 있는, 그 이름도 'To Do해야할일'인(그대로잖아) 마이크로소프트의 '투 두'를 선택했다.

우선 집안일을 줄이는 게 중요하다. 변기 세정제인 젤 스탬프와 일회용 변기 청소 솔을 사용한다든지, 빨래하는 수고를 덜기 위해 부엌과 식탁은 일회용 행주로 닦는다든지, 의존할 수 있는 것은 문명의 이기에 의존하자고 의견이 일치했다. 그렇게 만들어진 것이 이 할 일 목록이다.

매일
- 세면대, 화장실, 부엌의 타월 교체
- 욕실 청소

3일에 한 번

- 일회용 행주 교체
- 화장실 청소

일주일에 한 번

- 거실, 복도 등 공용 공간 청소

한 달에 한 번

- 싱크대 구연산 청소
- 빌트인 식기세척기 청소

두 달에 한 번

- 세탁조 청소

처음 한두 달은 다양한 가치관의 차이를 조율하는 데도 시간이 필요했다. 최애를 두고 해석 차이가 생기는 경우는 많은데, 함께 사는 것에도 해석 차이가 생긴다.

가쿠타	낮에 누군가 집에 있을 땐 복도와 창고 방 창문은 되도록 열어두면 좋겠어요.
나	내가 집에 있을 땐 열어둘게요~.
마루야마	지금은 맛술이 밖에 나와있는데 가능하면 냉장고에 넣어두고 싶어요.
호시노	다들 괜찮다면 그렇게 해요!
나	다음부터 넣어둘게요~.

각자 사소한 일에 집착하는 정도가 다르다. 일단 상황에 따라 가장 집착하는 사람에게 맞추기로 정했다.

이렇게 의견 조율을 거듭한 결과, 집안일은 당번을 정하지 않고 그때그때 시간 되는 사람이 하기로 했다. 공동생활은 확실하게 원칙을 정하지 않으면 누군가는 게으름을 피우고 누군가는 부담을 떠안게 된다고들 한다. 그리고 결국에 부담이 큰 사람은 불만을 품게 된다고.

그러나 우리 넷의 성향인지 덕후의 성향인지 모르겠지만, 오히려 다른 사람에게 부담을 주지 않으려고 "됐어, 됐어, 내가 할게!"라며 먼저 행동하고, "이번

주에 아무것도 못 했네, 미안합니다~"라고 사과하는 일도 많다. 이건 편하게 굴 수 있는 친한 친구 사이가 아니라, 좋은 의미로 격식을 차리는 사이이기 때문인 지도 모른다.

그렇지만 때로 긴장을 놓기도 한다. 문단속과 관련 된 일이다. 범인은 바로 나. 귀가했을 때 현관문 잠그 는 것을 깜박했다. 심지어 이틀 연속으로.

아침에 잠이 덜 깬 상태로 방에 있는데 가쿠타가 메 시지를 보내왔다. 우리는 한 곳에 모여있지 않으면 집 에서도 메신저로 소통한다.

가쿠타　　쓰레기 버리러 나가는데 현관문이 안 잠겼 더라고요…….

자다가 벌떡 일어났다. 아마 어제 마지막에 들어온 사 람은 나.

나　　　　앗, 아마도 내가 그랬을 거예요.

가쿠타　　안전 고리가 걸려있어도 현관문을 잠그지

않으면 소용없잖아요. 어제 내가 집에 왔을
때도 현관문이 안 잠겨있었어요.

나   죄송해요. 그것도 아마 나예요. 왜 그랬
을까…….

밤새도록 현관문이 열려있던 셈이다. 부주의하기 짝
이 없다. 혼자 살 때는 결코 문단속을 소홀히 하지 않
았는데, 물씬 풍기는 본가 분위기에 취한 걸까. 누군
가 해줄 거라고 나도 모르게 풀어졌을 테지. 정신 바
짝 차려야겠다는 생각에 "열었으면 닫자!"라고 써서
현관문에 붙였다. 지금도 붙어있다.

넘쳐나는 살림살이

이사를 마치고 얼마 지나지 않아 깨달은 사실이 있다.

그릇이 많아도 너무 많다.

식기나 냄비 종류는 싱크대 하부 장에 수납했다.
하지만 본가에서 독립한 호시노를 제외하고 '살림살

이×3인분'이 모인 만큼 수납공간이 부족했다.

나　　　　 그릇, 너무 많지 않아요?

가쿠타　 정확히는 반찬 통이 너무 많아요.

호시노　 젓가락도 네다섯 세트 있어요.

나　　　　 필러도 세 개나 있네!

마루야마　드래프트 실시!

우선 누렇게 변한 반찬 통을 쓰레기통으로 슛. 다음으로 각자 좋아하는 식기만 남기고 나머지는 버리기로 했다. 정리 컨설턴트 곤도 마리에의 정리법에 따라 그물건에 더는 설레지 않으면 버려야지. 토요일 낮, 식탁 위에 그릇을 펼쳐놓고 다 같이 취사선택을 했다.

가쿠타　 이 그릇이랑 컵은 두고 싶어요.

마루야마　음, 돈부리 그릇도 두는 게 좋으려나. 와인 잔도 의외로 많이 쓰는데. 그밖에 뭐가 좋을까요. 잠깐 고민 좀.

역시, 요리를 좋아하는 사람은 그릇이 중요하지. 앗, 내 차례인가?

나　　　난 『팝 팀 에픽』 그릇 빼고는 전부 싸구려라
　　　　버려도 괜찮아요.

호시노　　빠른 판단!

동거인들이 좋아하는 것만 남기고 나머지는 버린 뒤, 평소 사용할 식기를 식기세척기용으로 네 개씩 인터넷에서 구매했다. 똑같은 식기를 사는 편이 설거지도 정리도 편하다.

　그렇다고 해도 똑같은 식기가 일제히 식탁에 오르는 일은 거의 없다. 각자 일이나 덕질 때문에 집을 비우는 일이 잦고, 우리는 "당일 티켓 있으면 라이브/연극 공연 가자"라며 그날 오후에 갑자기 결정해버리는 생명체기 때문이다. 그래서 식사 당번도 정하지 않았다.

　누군가 집에 있을 때 "음식 많이 만들었는데, 먹을 사람?" "나, 먹을게♡" 하는 일은 종종 있지만 의무감을 느낄 만한 일은 늘리고 싶지 않다. 집에 오면 밥이 있다는 게 당연하지 않은 편이 마음 편하고, '저녁밥 있으니까 좋아' '기뻐하니 나도 좋아' 정도로 거리를 두고 음식을 대접하거나 대접받는 편이 정신 건강에 좋은 것 같다.

한번은 다들 집에 있기도 하고, 가끔은 모두에게 밥을 차려주고 싶어서 카레를 만든 적이 있다. 그런데 혼자 살 때처럼 눈대중으로 4인분을 만들었더니 냄비 한가득 충격적인 카레가 탄생했다. 배식 수준이다!

모두가 괜찮다고 위로해준 다음 날, 이번에는 마루야마가 애매한 눈대중으로 냄비 한가득 돈지루를 만들었다. 배식 수준이다!

식자재가 겹치는 일도 생겼다. 집 근처 슈퍼에 들른 김에 기분 좀 내려고 돼지고기를 사서 돌아왔는데 호시노도 돼지고기를 사 온 것이다. 집에 있던 마루야마도 다가와 셋이 냉장고 앞에 잠시 멍하니 서있었다.

나　　　이럴 수가!

마루야마　어쩔 수 없지. 샤부샤부 어때요?

호시노　　식자재가 겹치지 않게 대책을 세워야겠어요.

마루야마　　그러면 이렇게 해요. 잠깐만 기다려요.

마루야마가 방에서 무언가 하는 듯하다. 프린터기 작동 소리가 들려온다.

마루야마　　이걸 말이에요, 이렇게 해서, 짠!

그것은 바로 자석 스티커였다. '당근' '파' '돼지고기' 등 자주 사는 식자재와 '냉장실에 있는 것' '냉동실에 있는 것' '지금 없는 것' '살 것'이라고 쓰인 자석 스티커가 냉장고 문을 가득 채웠다.

마루야마　　이름하여 '자석으로 안을 안다'.

호시노　　고바야시 제약의 작명 센스!◆

나　　이렇게 하면 한눈에 알 수 있겠다!

◆　고바야시 제약은 제품명을 잘 짓는 것으로 유명하다. 섭취한 칼로리를 줄여준다는 다이어트 보조제 '없었던 일로!(なかったコトに!)', 안구 세정제 '아이봉(アイボン, EYE-REBORN)' 등이 있다.

이 아이디어는 집에 놀러 온 여성지 편집자가 사진 찍고 싶다고 했을 정도다. 맞벌이 가정에서도 꼭 해보길 바란다. 우리 집은 이 덕분에 냉장고가 같은 식자재로 가득 차는 일은 없어졌다.

우리는 공금 조로 1인당 매달 1만5000엔 정도를 걷는다. 공용 식자재인 쌀과 채소, 조미료의 자석 스티커에는 동그란 오렌지색 씰 스티커를 붙였다. 오렌지색 씰 스티커를 붙인 식자재는 공용 카드로 사기로 했다.

공용 카드는 식사 공간에 있는 귀중품 보관함에 넣어두고 필요할 때마다 가져가서 쓰기로 했다. 다만 사람인지라 필요한 순간에 카드 가져가는 걸 잊어버리는 일도 있다. 그런 경우에는 개인이 결제하고 쓴 만큼 저금통에서 가져갔다.

저금통에는 누군가 음식을 만들었을 때 먹은 사람이 100엔 정도 넣기로 했다. 식비는 이렇게 해결하고 있다. 규칙이 허술해 보일 수도 있겠지만, 너무 엄격하면 '가성비'가 떨어질 것 같아서.

모아둔 공금은 생필품을 살 때나 공과금을 낼 때도

사용한다. 하우스 명의로 카드와 통장을 만들까도 고민했지만 절차가 번거로워서 내 통장과 카드를 쓰기로 했다. 지금까지는 전혀 불편하지 않다.

『모모』는 덕후의 필독서인가

거의 밖과 다를 바 없이 추웠던 하우스의 겨울이 끝났다. 3월에 접어들자 난방이 필요 없는 날도 차츰 늘어갔다. 추위를 핑계로 방치했던 이삿짐 정리에 착수했다. 우리는 간신히 무거운 엉덩이를 일으켜, 먼저 책 정리를 시작했다.

3평짜리 창고 방 창문 아래에 책장을 놨다. 이렇게 공용 책장을 만들었다. 각자 자기 책장에 꽂지 못했던 책을 가져와 차례차례 채우기 시작했다.

나는 음악 잡지, 마루야마는 만화와 의상 관련 서적, 가쿠타는 인문서, 호시노는 SF나 과학서가 많았다. 책 주인의 특성이 드러나는 듯했다.

문득 어떤 책이 두 권 있다는 사실을 깨달았다.

나	미하엘 엔데의 『모모』가 두 권인데요.
마루야마	내 거예요.
가쿠타	내 거예요.
호시노	난 누군가 분명 가져올 거 같아서 본가에 두고 왔어요.
나	어머, 예상 적중~.

덕후들, 미하엘 엔데의 『모모』를 갖고 있지 않으면 죽기라도 하나? 난 제목밖에 모르지만……

비슷한 일이 또 있는데, 만화 『트윈 시그널』◆ 신작의 크라우드 펀딩에 넷 중 셋이나 참여했다는 것이다. 우린 다 같은 세대니까~. 그러고 보니 리워드 수령 주소를 아직 안 바꿨다며 서둘러 변경하는 우리들. 조만간 이 집에 똑같은 책이 세 권이나 도착하겠구나……

이번엔 현관 신발장 정리다. 천장까지 닿는 높이에

◆ 오시미즈 사치의 데뷔작으로 1992년부터 2001년까지 연재된 SF 소년 만화. 과학자인 할아버지가 손자 노부히코를 위해 '시그널'이라는 이름의 로봇을 만들어주면서 이야기가 시작된다. 2018년 크라우드 펀딩을 시작으로 해 속편이 연재되고 있다.

폭이 가장 긴 칸이 100센티미터고 L자형이라 수납공간은 충분하다. 좋았어, 어디 한번 해보자! 기합을 넣고 신발을 늘어놓자마자 네 사람의 손이 멈췄다.

나	음, 이런.
가쿠타	이래서야 공간이 턱없이 부족하지 않을까요?
마루야마	책은 예상했지만, 신발은 예상 못 했어요.
호시노	압축봉을 활용할까요?

호시노 마술로 신발장에 압축봉을 설치하자 수납공간이 늘어났다. 하지만 그렇게 했는데도 공간이 부족해서 신발장은 신발로 꽉 찼다. 보고 있으려니 입이 떡 벌어졌다. 책장만큼이나 신발장도 각자의 개성이 드러났다.

마루야마	어떤 게 누구 신발인지 말 안 해도 알 것 같아서 놀랍네요.
나	강렬한 원색 스니커즈가 호시노 씨 거고, 요상한 디자인의 하이힐이 가쿠타 씨, 색과

디자인이 대체로 화려한 게 마루야마 씨. 나머지 수수한 게 나!

호시노 정답!

가쿠타 요상해……?

나 아니, 뭔가, 그 개성이…….

공간이 넓다고 해서 물건을 지나치게 늘리는 건 좋지 않다며, 각자 신발을 정리하자는 협정이 체결됐다.

그래도 남은 목숨은 항상 3

입주하고 두 달쯤 된 어느 날, 계절이 바뀐 탓인지 마루야마가 몸이 안 좋아서 움직일 수 없다는 메시지를 보내왔다. 가쿠타는 야근으로 매일 새벽이 돼서야 집에 왔고, 호시노는 일주일간 출장이었다. 집에는 나만 남아있었다.

대화방이 활발해졌다.

가쿠타	마루야마 씨, 괜찮아요? 집에 가면 늦겠지
	만 뭔가 필요한 게 있으면 사갈게요.
마루야마	미안해요⋯⋯. 요구르트랑 바나나를⋯⋯.
나	나 지금 외출할 거니까, 오는 길에 사 올게요.
호시노	도와주지 못해서 미안해요.
나	미안하긴~.

마루야마 방문 손잡이에 사 온 것을 걸어두고 메시지를 보냈다. 그리고 조용히 집안일을 했다.

셰어 하우스 생활은 상부상조가 기본이다. 내가 마감으로 정신이 없을 때는 다른 멤버들이 집안일을 해준다. 게임으로 치면 항상 목숨이 세 개 남은 상태다. 목숨 세 개가 잘못되더라도 게임 오버가 아니라는 사실은 꽤 든든하다.

마루야마는 4~5일 정도 지나자 건강을 회복한 듯했다. 그동안 내가 한 일이라고는 가끔 부탁받은 걸 사다주는 정도. 아마도 연인이나 가족이 아팠다면 이렇지는 않았을 것이다. 나름대로 지극정성으로 돌봤을 테지. 앞에서 의무감을 늘리고 싶지 않다고 말했는데,

가족이나 연인의 경우에는 '지극정성으로 돌봄=사랑'으로 여겨지기 마련이다. 정성으로 돌보지 않으면 관계가 나빠진다거나 하는 의무감을 느낄 필요가 없는 곳이 이 집으로, 나는 그 점이 꽤 마음에 든다.

그렇다고는 해도 견딜 수 없는 슬픔에 빠졌을 때 위로받은 밤도 있다. 인간은 몸이 안 좋을 때만 아픔을 느끼는 것은 아니다.

4월 1일 저녁, 어느 밴드의 해체 소식을 인터넷 뉴스로 접하게 됐다. 만우절에 이건 아니지. 거실 식탁에 엎드려 있는데 동거인들이 속속 집으로 돌아왔다.

가쿠타   후지타니 씨, 괜찮아요?

나   흑, 활동은 중단 상태긴 했는데…….

마루야마   이제 와서 말하지 않으면 안 될 이유라도 있었으려나……. 차 좀 줄까요?

가쿠타   초밥 사 왔는데요. (쿵!)

호시노   나는 맥주를. (쿵!)

나   흐~엉.

식탁에 놓인 초밥과 맥주. 마치 초상집 분위기다. 아마도 초상집과 다를 바 없을 터. 동거인들은 모두 같은 세대라서, 그 밴드의 인기나 영향력이 얼마나 대단한지 알고 있다.

마루야마 "언제나 곁에 있을 거라 생각하지 마라, 부모와 최애"라고는 하지만……

호시노 일단 오늘은 먹어요.

가쿠타 마시기도 하고.

나 흐~엉.

그날 밤은 초밥을 먹으며 각자의 추억을 얘기했다. 그야말로 초상집이다. 그래도 슬픔을 나눌 사람이 집에 있는 건 나쁘지 않네.

덕후의 기념사진에는 사람이 찍히지 않는다

날이 풀리자 소름 끼치게 춥던 하우스도 비로소 난방이 필요 없게 됐다. 셰어 하우스를 시작했다는 소식을 듣고 이사 직후부터 놀러 오고 싶다고 얘기한 친구들이 있다. 하지만 워낙 추워서 봄 되면 놀러 오라고 대답했었다. 4월에 접어들자 하우스는 친구를 초대할 만한 분위기가 조성됐다.

마루야마 이왕이면 '새 연호♦ 축하 파티'해요.

나 뭐가 '이왕이면'인지 전혀 모르겠지만……, 좋아요.

마루야마 도미 같은 거 구우면 어때요?♦♦

나 농담이죠?

호시노 벌써 축하 분위기가 느껴지는데요.

♦ 2019년 5월 1일 나루히토 일왕이 즉위하면서 연호가 '헤이세이(平成)'에서 '레이와(令和)'로 바뀌었다.

♦♦ 일본에서는 도미의 붉은색이 경사를 상징한다고 해서 무언가 축하하는 자리에 도미 요리를 올린다.

가쿠타　　　좋은 술도 준비해요.

황금연휴가 시작되고 새 연호를 맞이한 날, 공통된 친구 셋이 놀러 왔다.

호시노　　　어서 와요~.

친구1　　　여기가 소문으로만 듣던 문화적 하우스!

친구2　　　듣던 대로 본가랄까, 할머니 집같이 아늑해.

친구3　　　이 정도 인원이 있는데도 다들 의자에 앉을 수 있어서 좋네.

나　　　실은 오늘 의자가 하나 부족해서, 내가 짐 볼에 앉을게요!

친구1　　　그래?

마루야마　　재밌겠다.

모두 새 연호 특집 방송을 보면서 텔레비전 속 사람들의 의상을 평가하거나, 하하 호호 웃고 떠드는 동안에 마루야마는 핫플레이트로 요리를 했다.

마루야마   시작은 이거지.

예고한 대로 도미를 굽는다. 정확히는 찜이다. 허브
향이 코를 자극한다.

나   축하 분위기네.
가쿠타   축하 자리에 도미, 집에서는 처음이에요.
마루야마 이럴 때 안 먹으면 말이 안 되죠.

모두 식탁에 둘러앉았다. 짐 볼에 앉은 탓에 먹기 조
금 불편했지만 그것과 상관없이 도미는 맛있었다. 게
다가 이 도미는 마루야마가 특별히 생선 가게에 미리
주문한 뒤 아침 일찍 찾아온 것이다. 대단하다. 원래
도미찜이란 게 집에서 만들 수 있는 거였나? 도미 요
리를 한다는 생각은 해본 적이 없다. 도미는 눈 깜짝
할 사이에 식탁에서 사라졌다.

친구2   도미에 대한 답례로 케이크를 만들어도 될
            까요? 재료 가져왔는데.

가쿠타   케이크를…… 만든다고……?

마루야마   부엌 쓴다면 안내할게요.

친구2는 친구들 사이에서 마루야마만큼이나 요리를 잘하는 존재로 통한다. 한동안 부엌에서 작업하는 소리가 들려왔고, 이윽고 빵 굽는 좋은 냄새가 풍기더니 친구2가 케이크를 들고 나타났다.

친구2   레이와 케이크예요.

마루야마   '레이와'라고 쓰여있네!

나   레이와 케이크다!

호시노   레이와 케이크가 뭐지?!

모두 레이와 케이크를 둘러싸고 기념사진을 찰칵. 물론 덕후 특유의 기념사진에는 사람이 찍히지 않는다. 그러고 나서 맛있게 먹었다.

   이후로 공통된 친구들이 하우스에 꾸준히 놀러 오게 됐다. 그럴 때마다 널찍한 식탁에서 요리하면 분위기가 고조된다. 친구가 아이를 데리고 놀러 올 경우를 대비해 아이용 의자도 구매했다.

마루야마   오늘은 친구 아이들과 함께 '만두 빚는 모
            임'을 열겠습니다.

나   모임 이름 그대로네요.

친구   잘 부탁드려요~.

나   조물조물(적당히 만두 빚는 소리).

마루야마   만두 빚는 거, 후지타니 씨보다 애가 더 잘
            하네요.

또 어느 날은 레이와 케이크를 만든 친구가 놀러 와
서, 가게에서 파는 것 같은 도넛을 만들었다.

친구   오늘은 '모 도넛 가게의 레시피대로 도넛 만
            드는 모임'을 열겠어요.

나   만들 수 있어요?

마루야마   레시피대로 하면, 아마도요.

나   부스럭부스럭(적당히 밀가루 넣는 소리).

호시노   아~! 이분, 거의 레시피는 무시하고 있어요.

반죽을 발효하는 데는 두세 시간 정도, 도넛 모양으로 만드는 데는 한 시간 정도 걸렸다. 그리고 「페이트/그랜드 오더 – 신성원탁영역 카멜롯」 디브이디 상영회도 열었다.

초콜릿 템퍼링에도 신경 써서, 가게에서 파는 것처럼 반들반들한 도넛이 완성됐다. 도넛은 그야말로 빛이 나서, 케이크 때처럼 사람은 빼고 사진을 찍은 우리들. 맛도 진짜로 가게에서 파는 도넛이라고 해도 손색이 없을 만큼 맛있었다. 도넛은 담을 접시가 부족할 정도로 많아서, 친구가 집에 가져갔다. 이러한 경험을 할 수 있는 것도 즐겁다. 물론 이벤트에 모두가 반드시 참여해야 하는 것은 아니다. 그런 점이 부담 없다.

하우스는 언제나 즐거운 노점상

가쿠타가 회사 송년회 빙고 게임에서 상품으로 다코

야키 기계를 받아와 집에 다코야키 파티, 줄여서 '다코 파티'가 유행한 적도 있다.

나도 빠질 수 없지. 드디어 놀러 온 미카미와 둘이서 다코 파티를 개최했다. 거실 작업 공간에서 마루야마가 일하고 있었는데, 아랑곳하지 않고 식탁 한편에서 의기양양하게 다코야키를 만들었다. 오사카 대표 음식 다코야키는 처음 만들어본다. 아니나 다를까 아주 형편없는 게 만들어졌다.

다코야키는 말 그대로 엉망진창이라 미카미가 폭소를 터뜨렸고, 나도 내 형편없는 실력이 우스워 SNS에 사진을 찍어 올리며 신이 났는데, 간사이 출신인 마루야마가 지나가다가 이를 보고 작게 중얼거렸다.

마루야마　……잠깐만.

나·미카미　?!

마루야마　이리 줘봐요!

마루야마가 내 뒤로 돌아와서 대나무 꼬치를 빼앗은 뒤, "미안, 미안. 사람에게는 그 사람만의 다코야키가 있겠지만, 이건 간사이 사람으로서 참을 수가 없어요!"라고 사과하며 손을 움직인다. 내 엉망진창 다코야키를 다코야키에 대한 모독으로 받아들인 듯했다. 인정한다. 다코야키 이하였던 물체는 마루야마의 손에서 순식간에 동글동글하게 변해갔다. 이것이 간사이 사람의 능력……! 옆에서 보고 있던 미카미와 난 감탄을 금치 못했다.

이 일은 '에고야키ェゴ焼き(간사이 사람의 자부심ego을 담아 만든 다코야키라는 뜻) 사건'으로 불리며 우리가 주기적으로 소환하는 즐거운 추억이 됐다. 그 후 마루야마는 "진짜 다코야키를 먹게 해드릴게요"◆ 하고 마치 야마오카 시로처럼 말하더니, 맛국물부터 준비해 다코야키를 만들어줬다. 맛있었어!

다코야키를 만드는 환경을 충분히 갖춘 우리 집은 이번엔 다가올 여름을 대비해 빙수기를 주문했다. 거기에다 마루야마가 일 때문에 들른 도매 상가에서 가

◆ "진짜 ○○을 먹게 해드릴게요"는 만화 『맛의 달인』 주인공 야마오카 시로의 유명한 대사다. 한국에선 주인공 이름이 '시로'가 아닌 '지로'로 번역됐다.

타누키型抜き♦♦ 과자를 사 왔다. 어느새 노점상이 되어 가는 하우스. 물풍선 낚시용 튜브 풀장이나 솜사탕 기계를 사자는 의견도 있었지만 아무래도 여기서 더 물건을 늘리는 것은 옳지 않다고 정신을 차렸다.

축제까지는 아니더라도, 내 방이 아무리 지저분해도, 손님용 공간이 있다면 편하게 손님을 초대할 수 있다. 이게 실은 상당히 즐겁다. 본가 같다는 하우스지만, 진짜 본가와 달리 가족을 신경 쓰지 않고 널찍한 거실에서 자유롭게 놀 수 있다. 앞으로도 재미나게 놀아야지~.

매일 놀기만 하는 건 아닙니다

이렇게 말하니 놀기만 하는 집 같지만 평소에는 조용하다. 대체로 하우스의 하루는 이런 느낌이다.

아침 7~8시 정도에 회사원인 가쿠타와 호시노가 일

♦♦ 달고나 뽑기와 비슷한 일본 과자. 과자에 뽑기 모양이 있다.

어나 세탁기를 돌리고 빨래를 넌다. 내가 아침까지 일한 경우, 세탁기를 돌리고 나서 잠자리에 들기도 한다. 버릴 쓰레기가 있으면 회사원들이 내놓고 출근하고, 시간이 없을 때는 집에 있는 프리랜서들이 버린다.

오후에는 제각기 일하거나 욕실을 청소하거나 한다. 각자 자기 속도로 일하기 때문에 점심은 기본적으로 따로 먹는다. 평일 낮에도 사람이 있으니 택배를 못 받는 일이 좀처럼 없는 게 이 집의 편리한 점이다. 빨래가 마르면 걷는다.

식자재나 생필품 등 장보기는 낮에 프리랜서들이 할 때도 있고 회사원들이 퇴근길에 할 때도 있다. 프리랜서들이 부족한 식자재를 메신저로 보내면 회사원들이 사 오기도 한다.

저녁 7시 정도에 목욕물을 데우고 차례로 욕조에 들어간다. 들어가고 나왔다는 보고를 메신저 대화방에 남긴다. 그러지 않으면 누가 욕조에 있는지 알 수 없으니까 그 보고만큼은 잊지 않도록 주의하고 있다. 대략 밤 11시까지는 모두 목욕을 마치는 듯하다.

저녁은 각자 먹을 때도 있고, 모두 모여 전골이나 고기를 먹을 때도 있고, 손가락 하나 까딱하기 싫을 때는 배달을 시킨다. 혼자서 주문하면 비교적 비싼 배달 수수료도 여럿이서 주문하면 낼 만하다. 이것도 셰어 하우스의 장점 중 하나다. 모두가 식사를 마치면 가장 늦게 먹은 사람이 식기세척기 버튼을 누르고 부엌 정리하고 끝. 다들 잠자리에 들고, 나는 계속해서 일하는 식이다.

얘기할 게 있으면 대부분 메신저로 하고, 타이밍이 맞으면 거실에서 대화를 나눈다. 놀 땐 놀고 평소에는 조용히 보낸다.

모든 문제의 해답은 인터넷에 있다

장마철에 접어들자 1층 습기 때문에 고민이 시작됐다. 본가도 단독 주택인데 이렇게 습했었나? 본가는 날림 공사 덕분에 외풍이 심해서 습기 대책이 된 걸까? 아니면 오래된 정도가 차이 나서?

이유는 모르겠다. 우선 포털사이트에 검색해보니 대책에는 서큘레이터가 좋은 듯해 즉시 쇼핑몰에서 구매해 파우더룸에 뒀다. 창고 방도 습해서 불길한 나머지 제습제를 넣어뒀다.

허브를 심어둔 마당 텃밭 쪽에도 벌레들이 윙윙 날아다녔다. 생명력 넘치는 계절……. 현관의 걸이식 화분에 심은 딸기 덕분에 민달팽이들도 모여들고 있었다.

마루야마   이대로 가다간 민달팽이가 문명을 세우겠어요…….

나   『불새 – 미래편』◆이잖아요!

문명을 이루고 멸망하면 큰일이라 '민달팽이 퇴치'를 검색해서 나온 퇴치 약을 뿌리고 일단락. 출현을 각오했던 바퀴벌레는 사전에 약을 놓아둔 덕분인지 의외

◆   데즈카 오사무의 만화『불새 – 미래편』에는 민달팽이들이 문명을 이루는 내용이 나온다. 이 민달팽이들은 결국 전쟁으로 멸망한다.

로 여름에도 한 번밖에 나오지 않았다. 아직 방심은 금물이지만.

음~, 단독 주택이란 게 이런 유지 보수도 필요했구나. 내가 모르는 사이에 우리 부모님도 이렇게 집을 관리했으려나?

게다가 계절과 관계없이 중간 규모의, 아니 꽤 큰 문제도 발생했다. 나와 호시노, 마루야마가 식탁에 둘러앉아 느긋하게 텔레비전을 보고 있는데, 부엌 쪽에서 '우지끈' 하고 들어본 적 없는 소리가 났다. 요즘 이 집은 장마철 생물 박람회를 방불케 해서, 얼굴을 마주본 우리는 동물이 침입했을 거라고 생각하고 마음의 준비를 했다.

나   지금 무슨 소리 나지 않았어요?

호시노   났어요.

나   부엌 뒷문은 잠겨있었죠?

호시노   입주하고 나서 열어본 적 없어요.

마루야마 혹시 쥐? 흰코사향고양이? (느닷없이 정색)

호시노   뭘 가져가면 좋을까요? 돌돌 만 신문지?

일단 무방비 상태로 셋이서 주뼛주뼛 부엌으로 향했다. 그런데 이게 웬일인가! 이사 올 때 니토리에서 산 전자레인지 선반(목제) 다리가 부러져 있었다. 아직 반년밖에 안 지났는데, 짧은 생이었다…….

전자레인지 선반이니 당연히 전자레인지가 올려져 있었다. 미끄러져 떨어진 전자레인지는 맞은편에 있던 냉장고와 정면충돌 사고를 일으켰다.

나	이건 뭐 제대로 부딪혔네. 기능이 바뀐 거 아냐?
마루야마	「전학생」◆이에요?
나	너의 전전전세~.◆◆
호시노	그건 아니죠.

◆ 영화 「전학생」은 오바야시 노부히코 감독의 1982년 작품이다. 중학생 남녀가 함께 계단에서 굴러떨어지면서 서로의 몸이 바뀐다.
◆◆ 애니메이션 「너의 이름은.」 OST 중 록 밴드 래드윔프스(RADWIMPS)의 〈전전전세(前前前世)〉를 이야기한다. 「너의 이름은.」에서도 주인공 소년과 소녀의 몸이 뒤바뀐다.

불의의 사고를 당한 전자레인지는 간신히 전원은 들어왔지만 문이 열린 채로 가열 기능이 작동되는 흉기가 됐고(정말 무서웠다), 냉장고도 안은 무사했지만 문이 움푹 파였다. 이걸 어쩐다.

이럴 땐 어떡해야 하지? 스마트폰을 한 손에 들고 니토리를 검색했다. 고객센터로 문의했더니 무사히 환불받을 수 있었다. 교환하는 방법도 있었는데, 「전학생」 시즌 2가 될까 봐 무서웠다. 니토리는 전자레인지도 변상해줬다. 앗싸~, 대응도 "가격 그 이상" 니토리! 전자레인지 2호는 튼튼한 스테인리스 제품으로 골랐다.

생활하다 보면 크든 작든 이러한 문제가 생기는데, 우리는 우선 인터넷에서 해결 방법을 검색해보는 편이라 큰 문제 없이 마무리된다. 이 세상의 문제 해결 방법은 먼저 경험한 사람이 대부분 인터넷에 남겨주기 때문이다. 만약 흰코사향고양이가 침입했더라도 '흰코사향고양이 민가 대처'라고 검색했을 테지.

본가×4로부터 온 채소

한여름이 되자 본가×4에서 채소를 보내기 시작했다. 아아, 왜 부모님들은 환갑이 넘으면 밭을 일구는 걸까. 고마운 일인데, 진짜 고마운 일이지만.

나   많아!

가쿠타   아무리 어른 네 명이라도 상자 한가득 채소는…….

마루야마   쓸데없이 긴 가지도 있네요.

호시노   길긴 길다. 그리고 많아요.

마루야마   이건 가지 캐비아를 만들 수밖에.

나   그게 뭐예요?

가지 캐비아란 많은 양의 가지를 오븐에서 1시간 정도 구운 뒤, 껍질을 벗겨내고 올리브 오일과 향신료를 넣고 으깨서 페이스트로 만든 요리라고 한다. 병에 담아 냉장고에 넣으면 어느 정도 보관이 가능한 듯. 완성돼서 바로 시식해봤다.

나	듣고 보니 겉모습은 캐비아 같기도 하고요.
호시노	가지 씨가 캐비아처럼 생겨서 그렇게 부르나 봐요.
가쿠타	이건 이 나름대로 맛있어요.
마루야마	잘됐다~.

이 요리는 일명 '가난뱅이 캐비아'로 불리는 듯했다. 하지만 가지가 그렇게나 많이 들어간다니, 정말 가난하면 좀처럼 시도하지 못할 것 같다. 채소는 비싸다.

　여름휴가가 다가왔다. 나는 주로 집에서 밀린 일을 하며 보냈지만, 마루야마는 간사이 지방으로 귀성했고, 호시노는 최애 성우가 속한 밴드가 나오는 록 페스티벌과 코믹 마켓에 다녀온 뒤 귀성. 가쿠타는 본가에 가지 않지만, 거의 매일 같은 공연을 보러 갈 모양이다. 공연장까지 가는 전철 정기권을 구매할지 고민한다고. 거의 통근 수준이다.

　늘 왁자지껄하던 하우스도 인기척이 느껴지지 않으니 썰렁하다. 외롭긴 하지만 색다른 기분에 괜히 거실에서 뒹굴뒹굴하거나 볼륨을 높이고 영화를 봤다.

휴가가 끝나고 멤버들이 집으로 돌아왔다.

마루야마　　선물 사 왔어요~! 오사카 맛집 '551호라이
　　　　　　　551蓬莱' 고기만두!

호시노　　　선물이에요~! 지역 특산품과 부모님이 만
　　　　　　　들어준 파운드 케이크!

가쿠타　　　선물은 아니지만, 공연장 근처에서 맛있어
　　　　　　　보이는 케이크를 팔기에!

예전부터 느끼고 있었는데 다들 공연 원정이나 출장,
귀성으로 전국 방방곡곡을 다녀서 이 집에는 선물로
사 온 특산품이 과하게 많다. 거실 한편에 간식과 특
산품을 두는 공간을 마련해뒀는데 항상 명절이 지난
직장 같다. 진짜 명절이 지나고 나면, 그 공간은 각지
의 특산품으로 넘쳐나 그야말로 장관이었다.

이 여름, 모두 모여 나가시소멘

올여름에는 하고 싶은 것이 있었다.

저번에 왔던 공통된 친구들이 놀러 온 저녁, 모두가 차 마시는 모습을 곁눈질로 보면서 뚝딱뚝딱 비밀 병기를 만들었다.

친구1 그게 뭐야?

나 이거 몰라? 유튜버 세이킨SEIKIN이 소개한 '빅 스트림 소멘 슬라이더 갤럭시'예요!

친구2 몰라! 그리고 이름이 너무 길어!

나 빅 스트림 소멘 슬라이더 갤럭시는요, "소멘이 무중력의 투명 파이프를 통과해 무한 루프로 회전합니다"라고 상품 소개에 쓰여 있어요(유튜버 말투로)!

친구3 모른다고!

나 중요한 사실은 나가시소멘流しそうめん*이 가능한 장난감이라는 거예요. 참고로 7000엔 정도 합니다!

일 때문에 갔던 완구 전시회에서 이 상품을 보고 꼭 집에서 하고 싶다고 생각했다. 그 후 유튜버 세이킨이 유튜브 채널 '세이킨티비'에서 소개하는 것을 보고 나가시소멘을 하고 싶다는 욕구가 더 강해졌다. 그래서 샀다. 어른의 재력으로 아이의 장난감을 사는 여유.

　모두가 지켜보는 가운데 빅 스트림 소멘 슬라이더 갤럭시(길다)를 의외로 간단하게 완성했다. 식탁 한가운데 올려둔다. 소멘은 마루야마가 삶아줬다.

친구1　　완성되고 나니 묘하게 박력 있네.
나　　　스위치 켭니다~. (딸칵)

모터가 작동되며 물살이 세지면, 소멘이 투명 파이프를 힘차게 거슬러 올라간다. 그러고 보니 무중력처럼

◆　찬물이 흐르는 대나무 수로에 소멘, 즉 국수를 흘려 보내고 젓가락으로 건져 먹는 음식.

보일 수도 있겠네. 그대로 무한 루프에 빠지는 소멘. 돌고 도는 소멘을 바라보는 우리들.

친구1　　　언제 건져?

나　　　　느낌으로?

마루야마　(젓가락을 넣고) 집기 힘드네!

친구2　　　앗, 면이 도망가~.

당연한 얘기지만 소멘 맛은 똑같았다.

　그 후 무중력 소멘은 소문이 나서, 소멘 '보고' 싶다며(먹어야지) 친구들이 하우스에 놀러 왔다. 여름 내내 미친 듯이 소멘을 흘려 보냈으니 본전은 뽑았을 터다. 진짜 사길 잘했다. 이런 놀이는 사람이 많지 않으면 할 수가 없지.

　노점상처럼 돼버린 하우스에서 소면을 흘려 보내고 빙수를 먹고 축제를 벌이는 우리지만, 지역 축제에도 관심이 있었다. 우리 집은 연간 600엔 정도의 자치회비를 내고 있는데, 기껏해야 회람판(이 시대에!)을 받을 뿐이고 여름 축제 같은 지역 행사 참여는 한 번도 권유

받지 못했다.

마루야마 집에서 빙수를 만들어 먹는 것도 즐겁지만 동네 사람들이랑 야키소바 같은 것도 만들고 싶은데.

나 근데 단독 주택에 사는 마흔 언저리의 여성 집단, 아무리 생각해도 수상해. 나라도 경계할 거예요.

호시노 음, 그렇겠네요.

가쿠타 옆집 아주머니는 축제 참여 방법 모르시려나.

옆집 아주머니는 말 그대로 바로 옆 단독 주택에 사는 이웃이다. 하우스에 남아도는 채소를 나눠드리거나 여행 선물을 받거나 하며 가끔 교류한다. 아주머니는 자치회관에서 기모노 입는 방법을 가르치고 있어서 일본 전통 의상을 좋아하는 가쿠타와는 종종 길에서 대화를 나누곤 했다. 아주머니는 "어머, 참여해도 괜찮을 거 같은데?"라고 말해줬지만, 아직 우리는 용기가 나지 않아 주민자치회에는 관여하지 않고 있다.

덕후의 필수품, 박스 테이프로 태풍을 대비하다

가을이 왔다. 늘 그렇듯 엄청난 양의 감자와 감이 도
착했지만 이웃들에게 나눠주며 어떻게든 해결했다.
올해 가을에는 농작물 외에도 다양한 것이 왔다. 태풍
이라든지.

　10월 초, 19호 태풍이 일본에 상륙했다. 아무래도
꽤 강력한 모양이다. 지난달에 15호 태풍이 지바를 강
타한 직후여서, 상륙 며칠 전부터 뉴스와 일기예보에
서 이번에도 큰 피해가 예상된다는 소식을 반복해서
전하고 있었다. 하우스는 건물이 오래되어 기와가 날
아가는 것쯤은 어쩔 수 없다고 생각했지만, 지붕이 날
아가는 것만큼은 싫어~. 거실 텔레비전으로 태풍의
예상 경로를 확인하며 대책을 세운다.

호시노　　우리 집, 괜찮을까요?

가쿠타　덧문은 전부 닫는 게 좋겠어요.

나　덧문이 안 달린 창문도 있잖아요.

마루야마　인터넷에서 그런 창문은 박스 테이프를 붙이면 된다던데.

가쿠타　근데 어딜 가든 품절인가 봐요.

호시노·마루야마·나　박스 테이프라면 팔아도 될 만큼 있어요.

행사장 같은 데서 쓸모 있는 경우가 많아서, 이런저런 이벤트에 참석하는 유형의 덕후는 박스 테이프를 무턱대고 쌓아둔다(※내가 알기로는). SNS에서는 박스 테이프를 붙이는 게 오히려 위험하다는 얘기도 있었지만, 붙이는 쪽이 우세한 듯해서 붙여보기로 했다. 세이킨도 붙였으니.

　이 집에 들어올 때, 재난 대비 용품과 비상식량, 휴대용 변기 등은 인원수만큼 미리 장만했다. 그래서 만일 무슨 일이 생기더라도 어떻게든 해결될 거라고 여유를 부렸는데, 살짝 불안해져서 파워뱅크를 추가로 구매했다. 태양 전지판도 갖고 싶었지만 필요 없게 되면 처치 곤란이라고 모두에게 거절당했다. 어릴 적 사이토 다카오의 만화『생존게임』을 보고 천재지변에 대한 두려움이 생긴 터라, 대비하기 시작하면 한꺼번에 이것저것 다 준비하려는 경향이 있다. 『생존게임』에서는 비축해 둔 식량과 장비, 지식이 생존으로 이어지는 열쇠라서…….

정작 태풍이 도쿄를 강타한 당일은 기압 때문인지 멤버 모두가 꼼짝 못 하고 빠르게 잠자리에 들었다.

그리고 이튿날, 집 자체는 별문제 없었지만 텔레비전이 안 나왔다.

마루야마　　어제까진 잘 나왔잖아요.

나　　　　　태풍 짓이야.

호시노　　　밤중에 빗소리 대단했으니까요.

가쿠타　　　안테나 확인해볼래요?

밖으로 나와 지붕에 설치된 안테나를 확인해보니 부러지진 않은 모양이다. 어차피 이쪽으론 문외한이라 어쩔 도리가 없다. 바로 포기하고 수리 기사를 부르니, 안테나 부스터가 물에 잠겼다고 해서 교체했다. 태풍이 지나간 다음이라 수리 기사도 바쁜지 평일에만 가능하다고 해서 프리랜서인 나와 마루야마가 담당하게 됐다.

호시노   늘 떠맡겨서 죄송해요.

가쿠타   프리랜서는 진짜 시간이 프리한 거 같아요.

나   너무 프리해서 일이 바쁠 땐 밤새도록 깨어 있어 미안해요.

마루야마   우리를 자시키와라시 같은 존재라고 생각 해줬으면 해요.

나   아니면 오바케 Q타로◆라든가.

◆ 후지코 후지오 콤비의 만화 『오바케의 Q타로』는 평범한 가정에 사고뭉치 오바케(お化け, 요괴) Q타로가 들어와 생활하는 모습을 그린 작품이다.

모두가 『귀멸의 칼날』을 원해

이 무렵 셰어 하우스 생활이 콘텐츠가 돼서 일로 이어지기 시작했다. 부동산 회사의 미디어 쪽 자회사에서 일하는 편집자 하나를 알고 지냈는데, 그에게 이 셰어 하우스 얘기를 했더니 재밌어해 칼럼 연재로 이어졌다. 집 고르기, 심사, 이사, 가사 분담을 차례차례 떠올리며 써 내려갔다. 칼럼 연재는 처음이라 배운 게 많다. 멤버들도 "이렇게 기사로 보니까 재밌네~" 하고 호평 일색이었다.

쓰는 일뿐만 아니라 말하는 일도 들어왔다. 11월에는 여자 덕후 모임인 극단 메스네코 주최 토크 콘서트에 친구들과 셰어 하우스를 하는 사람으로서 참가하게 됐다. 콘서트는 다양한 연애 형태를 주제로 하는 책의 출간 이벤트로, 책에 실린 에피소드를 소개하거나, 결혼 정보 회사 관계자가 나와 덕후에게 적합한 결혼 시장을 설명했다. 여기서 나는 연애나 결혼이 아닌 길을 가고 있는 당사자로서 친구끼리 하는 공동생활의 장단점을 얘기하게 되었다. 결국 '셰어 하우스도 결혼 생활도 의견 조율과 확인이 중요하네~♡'라는 방향으로 얘기는 흘러갔다.

이벤트 분위기는 점점 고조됐다. 내가 『귀멸의 칼날』을 공금으로 샀다고 얘기하자 관객들 반응이 폭발적이어서 만족스러웠다. 이왕 남들 앞에 선 거, 재미를 선사하고 싶으니까. 어떻게 해서든 재미를 앞세우고 싶어진다.

토크 콘서트가 끝나고 슬쩍 스마트폰을 보니 관객으로 온 가쿠타에게 메시지가 와있었다.

가쿠타　　『귀멸의 칼날』 확정이었어요?

나　　　　확정된 거 아니었어요?

부아아아~앙(회상 신으로 돌입하는 소리).
그건 얼마 전, 거실에서 애니메이션 「귀멸의 칼날」을 최종회까지 보고 난 뒤의 일이었다.

나　　　　엥? 애니는 여기서 끝이에요?

호시노　　다음은 극장판인가 봐요~.

나	진짜? 거의 자기소개만 하다가 끝났잖아요!
마루야마	내 최애는 극장판에서 활약해요. 나중에 죽어요.
나	우와~! 원작 읽은 사람이 아무렇지도 않게 마음 아픈 얘기를 하네!
마루야마	크하하! 앞으로 속상한 일만 일어나는데!

모든 멤버가 빠져서 보는 애니메이션은 드물다. 여름에 드라마 「하이앤로우 더 워스트 에피소드.0」도 다같이 봤는데, 이 드라마는 내가 빠져서 멤버에게 영화 「시계태엽 오렌지」를 추천했을 때처럼 거의 강제적으로 보게 한 것이나 마찬가지였다.

　내가 「귀멸의 칼날」 원작도 전부 보고 싶다고 열을 올리니, 누군가 "모두 본다면 차라리 공급으로 사는 건?" 하고 제안해, 어렴풋이 '그거 좋네~'라고 생각했던 기억은 나지만 확실히 정해진 것은 아니었을지도 모른다.

　부아아아~앙(회상 신에서 돌아오는 소리).

　다시 한 번 단체 대화방에서 상의했다.

나	어떡할까요? 난 사도 괜찮을 것 같은데.
마루야마	좋지~. 만화책으로도 보고 싶고요.
호시노	물론이죠.
가쿠타	나도 모두가 좋다면 괜찮아요.

의견 조율과 확인은 중요하지~. 그리하여 무사히 『귀멸의 칼날』 전권이 우리 집에 오게 됐다. 난 등장인물 중에 이노스케를 좋아한다.

같은 방송을 네 번 보는 여자들

11월에 있던 극단 메스네코 이벤트에서는 덕후끼리 사는 집에서라면 팔로워들 신경 쓰느라 SNS에 말하지 못한 작품 감상을 거실에서 쏟아낼 수 있고 기록도 남지 않아 안심이라는 얘기도 했다. 어느 날은 허무한 공연을 보고 만 가쿠타가 창백한 얼굴로 집으로 돌아왔다.

호시노	잘 다녀왔어요? 공연 어땠어요?
가쿠타	…….
마루야마	저런.
나	오늘 뭐 봤어요?
가쿠타	○○이 연출한 공연요.
마루야마	아~, 호불호가 갈린다는.
나	최애가 인질로 잡혔다고 일각에서 화제인.
가쿠타	있잖아요, 뭘 하고 싶은지는 알겠는데 공연이라는 건 애, 초, 에~.(계속해서 불평불만을 늘어놓는다.)

평소 평정심을 잃지 않는 가쿠타가 목소리를 높여 말한다. 이건 큰 사건이다. "뭐가 싫은지보다 뭐가 좋은지로 자신을 표현하자!"라고 종종 말했었는데, 뭐가 싫고 뭐가 거북한지에 대한 얘기로 열을 올리는 밤도 있다.

물론『귀멸의 칼날』때처럼 좋아하는 걸 얘기하면서도 분위기는 고조된다. SNS를 통해 남들을 늪으로 끌어들이는 덕후도 많지만, 우리는 강제로 콘텐츠에 푹 빠지게 할 수 있다. 물론 억지를 부리지는 않지만……

어느 날, 모두 외출하고 아무도 없는 거실에서 어쩌다 보니 녹화해뒀던 심야 개그 프로그램 「곳도탄」을 보고 있었다. 평소에 예능 프로그램은 잘 안 보는데, 이 프로는 가끔 본다.

이번 회는 인기 개그 콤비 이그지트EXIT가 출연한 코너 '스토익 암기왕'이었다. 출연진은 진행자가 제시한 단어를 암기하는 데 도전하는데, 연기자들이 이상한 콩트를 해서 출연진의 암기를 방해하는, 「곳도탄」의 인기 코너. 딱히 이그지트의 팬은 아니지만 이 방송은 재미있었다. 방송이 끝난 후 인터넷에서 꽤 화제가 된 것도 이해가 갔다. 뭐랄까, 남자 둘의 이른바 '미묘한 사랑'이 싹텄다고나 할까. 나, 이른바 덕후 여자에게 팍 꽂혔다.

그래서 동거인, 이른바 덕후 여자들에게도 보여주고 싶었다. '장난 아니네, 이건 모두에게 보여줘야 해.' 알 수 없는 사명감마저 생겨났다. 우선 마루야마가 집에 오자마자 붙잡았다.

나　　　　　일단 이걸 좀 봤으면 좋겠어요. (재생 버튼 꾹)

마루야마　　?!

(30분 후)

마루야마　　우와~.

그리고 호시노가 귀가했다.

나·마루야마　　일단 이걸 좀 봤으면 좋겠어요. (꾹)

호시노　　?!

(30분 후)

호시노　　우와~.

그리고 가쿠타가 귀가했다.

나·마루야마·호시노　　일단 이걸 좀 봤으면 좋겠어요. (꾹)

가쿠타　　?!

(30분 후)

가쿠타　　우와~.

하루에 「곳도탄」 녹화한 것을 네 번 보는 집은 좀처럼 없을 거다. 콩트 중에 흘러나왔던 스다 마사키의 노래 〈틀린 그림 찾기〉가 한동안 머릿속을 떠나지 않았다.

사랑하는 마음은 모두 같아서

이렇게까지 강요하지 않아도, 함께 사는 사람이 빠져 있는 게 있다면 어느새 함께 보고 있고 어느새 좋아하게 되는 일이 적지 않다.

여름에는 호시노가 인기 소셜 게임을 애니메이션화한 「앙상블 스타즈!」를, 가을과 겨울에는 가쿠타가 남자 아이돌 오디션 프로그램 「프로듀스 101 재팬」 본방을 거실에서 보고 있었다. 「프로듀스 101 재팬」은 동명의 한국판 데뷔 서바이벌 프로그램을 일본 현지화해 방송한 것이다.

「앙상블 스타즈!」는 아이돌을 육성하는 학교가 배경인데, 등장하는 학생과 일부 교사로 인해 심장이 멎지 않게끔 주의해야 한다고 알려져 있다. 애니메이션은 첫 방송이 계속 늦춰지다가, 드디어 대망의 스타트! 개발사 해피 엘리먼츠 나빴어! 매주 일요일 밤, 시청을 끝낸 호시노는 "앙상블이 돼버렸어……"라는 말만 남긴 채 거실을 떠났다.

「프로듀스 101 재팬」도 오디션 프로그램의 숙명이기에 어쩔 수 없다지만, 회를 거듭하며 탈락자가 늘어나 클라이맥스에 다다를수록 팽팽한 긴장감이 감돌았다. 보는 쪽도 긴장감이 고조됐다. 우리도 가쿠타가 응원하는 참가자를 위해 투표하는 데 힘을 보태려 하자, "그건 내가 인정 못 해요"라는 가쿠타. 모두 자신만의 응원 방식이 있는 것이다.

최종회 당일, 거실에는 평소와 다르게 무거운 분위기가 흘렀다.

마루야마　가쿠타 씨의 최애 데뷔가 결정되면 고기 구울게요. 안타까운 결과라면 죽으로 대신하고.

가쿠타　어떻게 되든 너무 걱정하지 마세요……!

걱정되고말고. 그래도 무언가에 빠진 사람의 모습을 보는 것은 즐거운 일이라고 다시 한 번 느꼈다.

덕후들, 핼러윈에 만나요

지금까지 얘기했듯이 우리 넷은 좋아하는 장르는 제각각이지만 딱 한 번 이벤트 장소가 겹친 적이 있다. 그건 10월 말, 실내 테마파크인 산리오 퓨로랜드에서 열린 핼러윈 이벤트였다. 어째서 다 같이 모여 '산리오 핼러윈'이냐고? 그건 정말 우연이었다.

우리는 이벤트 때문에 집을 비울 때 앱에 일정을 공유한다. 10월 말에는 '올나이트' '퓨로랜드' '핼러윈' 일정이 잡혀있었다.

나	아니, 이런…….
마루야마	이건?
가쿠타	설마?
호시노	모두 같은 곳?

산리오 핼러윈은 출연자가 다양하기로 유명하다. 올해는 LDH 소속 아티스트부터 성우와 래퍼 유닛, 신인 뮤지션까지 다양한 사람이 출연한다. 난 LDH 팬인 친구가 권유해 우연히 티켓을 구매했고, 마루야마는 테마파크 덕후 친구가 함께 가자고 한 상태였다. 호시노와 가쿠타도 이 행사에 각자의 최애가 나온다고.

나	난 DJ 마키다이DJ MAKIDAI 보러…….
마루야마	난 퓨로랜드 한 번쯤 가보고 싶어서.
호시노	난 기무라 스바루와 쇼겐.
가쿠타	난 하세가와 하쿠시.
모두	아하~.

이렇게 된 이상 다 함께 공들여 분장합시다. 비주얼계 아줌마로서 명성을 떨치고 있는 나는(새빨간 거짓말) 창고 방에서 고딕 로리타 의상을 꺼내 입고 덕지덕지 짙게 화장했다. 머리가 허전한데 마땅한 아이템을 찾을 수 없어, 돈키호테에서 'Halloween'이라고 쓰인 모자를 샀다. 그걸로 괜찮냐고? 전혀 문제없다. 그리하여

의기양양하게 퓨로랜드로 향했다. 각자 친구들과 합류해 적당히 수다 떨고, 적당히 쉬고, 다시 수다를 떤다. 호시노는 출연 순서가 빠른 스바루와 쇼겐을 보기 위해 달려갔고, 나는 에그자일의 노래 〈HIGHER GROUND〉를 듣고 열광한 뒤, 하세가와 하쿠시에게 미쳐 날뛰는 가쿠타를 옆에서 지켜봤다. 그러고 나서 다 같이 DJ 헬로키티의 공연을 봤다.

행사는 동틀 무렵에 끝나, 우리는 녹초가 된 몸을 이끌고 전철을 탔다. 마흔을 앞두고 밤샘은 힘든 게 당연하니 역에서 집까지는 택시를 탔다. 이럴 때 네 명이면 요금을 나눠 낼 수 있어 부담이 덜하다.

레이와 케이크 얘기했을 때 덕후의 기념사진에는 사람이 나오지 않는다고 했는데 예외도 있다. 그날 밤 핼러윈 포토 존을 발견한 우리는 모처럼 분장했으니까 드물게 넷이서 기념사진을 찍었다.

어쩌다 이것까지 겹치는가

계절이 돌고 돌아 하우스에 또다시 겨울이 찾아왔다. 이곳에서 생활한 지도 어느덧 1년이 다 돼간다. 기온이 내려가 쌀쌀해지기 시작했으니 슬슬 발열 내의를 준비할 때가 왔다. 내 건조한 피부에는 유니클로 히트텍이 맞지 않아서, 올해는 여성 전문 브랜드인 벨 메종의 발열 내의를 장만했다. 편하고 좋긴 한데 한 가지 문제가 생겼다. 완전히 같은 색, 같은 디자인, 같은 사이즈의 내의를 가쿠타도 가지고 있었다. 와~ 오래간만에 커플룩이다.

예전부터 유니클로 옷이 겹치는 일은 간간이 있었다. 하지만 사이즈나 색은 달라서 착각할 뻔했다가도 바로 알아차렸다. 그런데 여기서 벨 메종의 내의가 겹친 것이다.

가쿠타　　히트텍이면 모를까 이게 겹치다니.

나　　　　엄청 헷갈릴 거 같은데요.

가쿠타　　자세히 보니까 라벨 위치가 살짝 다르네요.

나 　　　　근데 그렇게까지 자세히 안 보니까…….

재빨리 다른 색상을 구매해 별문제 없이 지나갔다. 가쿠타는 검은색, 나는 갈색. 똑같은 발열 내의는 옷장 깊숙이 넣어뒀다. 그리고 며칠 후, 이번에는 뭔가 엄청난 무늬의 양말을 마루야마와 가쿠타가 똑같이 신고 있어서, '이게 똑같다고?!'라는 생각에 신기하고 놀라웠다.

　12월이 됐다. 연말은 이벤트가 많은 데다가 일도 바빠져 덕후도 온 힘을 다해 달릴 수밖에 없다. 호시노는 매달 두 번, 소셜 게임 이벤트를 열흘 간격으로 달리고 있고.(힘들겠다.)

　그래도 입주 전에 약속했던 크리스마스트리를 사서 장식했다. 가도마쓰는 사지 않았다.

　크리스마스 기분은 만끽했지만, 크리스마스 전후로 해서 연말까지는 라이브나 연극 공연, 코믹 마켓 등 이벤트로 다들 집을 비우기 일쑤였다. 모두 각자 자리에서 신나게 보낸 모양이다. 휴가가 시작되자 호시노와 가쿠타는 간토의 본가로 갔다.

한 해의 마지막 날, 나는 방에서 일하고 있었다. 마루야마는 친구들과 새해맞이 파티를 하는 듯했다. 올해의 마지막 밤엔 강풍이 휘몰아쳤다. 밖에서 큰 소리가 나는가 싶더니, 현관 앞에 세워둔 자전거가 전부 쓰러져 있었다. 지금 같은 강풍이라면 세워둬도 또 쓰러질 테니, 그대로 둔 채 하던 일을 계속한다. 그러는 사이에 연말 가요제인 「홍백가합전」도 끝나고 새해가 밝았다. 마루야마가 오면 함께 자전거를 정리해야지. 가쿠타도 호시노도 사흘 안에 돌아올 거라고 했다. 이렇게 돌아올 누군가를 기다리는 것도 나쁘지 않다.

새해 첫날 오전에 집으로 돌아온 마루야마와 함께 쓰러진 자전거를 세웠다. 찬바람을 맞고 몸이 차갑게 식어서 따뜻한 물에 몸을 좀 담그고 싶었다. 하지만 새해 첫날부터 욕조 청소 같은 건 하고 싶지 않다. 둘의 의견이 일치해 근처 대중목욕탕으로 향했다.

나	늘 지나가기만 했었는데, 이 대중목욕탕 궁금하더라고요.
마루야마	꽤 오래된 거 같은데 내부는 세련됐네요.

우리 판단이 틀리지 않은 듯…….

나　　　젊은 사람이 운영하는 듯한 느낌이에요.

마루야마　　오, 수제 맥주도 있고 상당히 괜찮은데요!
　　　　　　　역시 탁월한 선택!

새해부터 좋은 징조다.

　3일에는 본가에 갔던 멤버도 돌아와 오랜만에 모두 하우스에 모였다. 거실에서 조용히 신년 특집 프로그램을 봤다.

모두　　　새해 복 많이 받으세요!

호시노　　올해도 잘 부탁드립니다~.

가쿠타　　1년이 눈 깜짝할 사이에 지나갔어요.

마루야마　　본가에서 백된장 보내준 게 있는데, 간사이
　　　　　　　스타일로 떡국 좀 만들어볼까~!

나　　　좋아요.

호시노·가쿠타　먹어본 적 없어요!

간토 출신인 호시노와 가쿠타가 된장 떡국을 먹어본

적 없다고 해서 마루야마도 더 신경 써서 만들었다. 난 보기만 했지만. 지금까지 먹고 자란 떡국의 맛은 제각기 다를지라도 즐겁게 함께 생활할 수 있구나, 라고 떡을 호호 불며 생각했다.

$$4장$$

부디 넷이서

오래도록 함께

이 집도 코로나19는 피하지 못했다

2020년 1월. 동거 생활도 무사히 1년을 맞이했다. 가능하면 이대로 2년 뒤에 계약을 갱신하고 셰어 하우스 2기 3기를 쭉 이어가고 싶다.

　모두 각자 맡은 일에 열중하면서, 애니메이션을 보거나 게임을 하는 평화로운 일상이 이어지고 있었다. 그런데 전혀 예상하지 못한 일이 벌어졌다. 우리 집뿐만 아니라 전 세계에. 그렇다, 코로나19다.

　신종 코로나바이러스 혹은 코로나19로 불리는 이 감염증을 연초에는 다른 나라 얘기로만 여겼는데, 어느새 일본에도 확진자가 늘고 있었다. 순식간에 마스크와 손 소독제가 상점에서 사라졌다. 웬일인지 두루마리 휴지까지 품절 사태를 빚었지만, 우리 집은 창고에 2~3개월분을 비축해둬서 문제없었다.

2월에는 오사카의 공연장에서 집단 감염이 발생했다. 시사 정보 프로그램에서 이 사례를 떠들썩하게 다뤄 공연장이 일터이자 놀이터인 나로서는 마음이 불편했다.

신종 코로나바이러스 자체도 중대한 문제긴 하지만 시사 정보 프로그램 때문에 공연장 이미지가 실제와 달리 나빠진 것도 괴롭고 슬펐다. 앞으로 시사 정보 프로그램 대신 전체관람가 애니메이션 「키테레츠 대백과」 같은 걸 재방송하면 좋겠네(과격파).

2월 말부터는 대규모 공연과 소극장 연극 공연도 중단됐다. 하우스 멤버들도 크게 피해를 봤다.

호시노   공연 티켓이 환불되어 계좌에 이렇게나 돈이 있으니까 이상해요.

나   어떤 티켓을 환불받고 못 받은 건지 이젠 모르겠네.

가쿠타   연극도 그래요. 디즈니도 휴업한 것 같고.

마루야마   영화관도 휴업한다고 뉴스에서 본 거 같아요. 「미드소마」 보고 싶었는데.

이대로라면 모두의 마음이 메마르고 말 거라고 생각했다. 돌이켜 보니 그런 말을 할 상황이었나 싶지만, 3월 중순까지는 '젊은 층은 중증으로 이어지지 않는다' '건강한 사람은 마스크를 착용하지 않아도 된다'라는 분위기였던 것 같으니 용서 바란다. 올림픽 연기가 발표되고 나서부터 갑자기 심각한 분위기가 조성되지 않았었나? 저기요, 도쿄도지사님?

공연이 취소되면 내 일도 취소된다. 우선 라이브 공연 취재도 없어졌고, 스튜디오 촬영 취재도 없어졌고, 4월에는 늘 해오던 대면 인터뷰도 무기한 연기됐다. 2월쯤 처음 들었을 때만 해도 '설마, 농담이지?'라고 여겼던 온라인 인터뷰가 어느새 당연해졌다. 온라인 화상 회의 서비스 제공 업체인 줌Zoom Video Communications, Inc.의 주가가 상승하면서 같은 이름의 일본 음향 기기 업체 줌ZOOM의 주가도 상승한 모양이다. 도대체 왜?

같은 프리랜서인 마루야마도 타격을 입었다. 의상 제작자에게 백화점에서 열리는 행사 참여는 큰 수입으로 이어진다. 그런데 백화점도 휴업을 하거나, 영업을 한다고 해도 이벤트가 중지됐다.

마루야마   악! 이벤트가 취소됐다!

나   그건 좀 슬프네요.

마루야마   진행한대도 매장에 있고 싶지 않지만요.

나   그건 그래요.

집에 있자는 분위기에 휩싸인 일본 열도. 일이 없어졌다, 없어졌어. 한탄하고 있을 수만은 없어서 마루야마는 통신 판매를 하고, 나는 온라인 인터뷰를 하거나 현장 취재를 하지 않아도 되는 칼럼을 쓰며 위기를 모면했다. 그렇다고는 해도 4월 수입은 예상대로 형편없어서 재난지원금을 신청했다.(약 3주 후 무사히 수령했다.)

회사원인 가쿠타와 호시노에게서는 각 직장의 성격이 여실히 드러났다. IT 기업에서 일하는 가쿠타는 초반부터 원격 근무에 돌입했다. 처음에는 의자 대신 침대에 앉아 일했는데, 도저히 안 되겠는지 사무용 의자와 접이식 책상을 구매했다. 가쿠타는 본인 방 인테리어에 몹시 집착했다. "이 의자가 방 인테리어랑 도저히 안 어울려요" 하고 영 못마땅해했지만, 대를 위해

소를 희생할 수밖에 없다며 원격 근무자로서 프로다운 면모를 보였다.

2장에서도 언급했지만 호시노는 대기업에서 일한다. 호시노 말로는 집에서도 할 수 있는 업무인 모양인데, 전례 없는 상황에서도 좀처럼 움직이지 않는 회사답게 3월은 평소처럼 사무실 근무 방침을 고수했다. 그런 호시노가 4월 초, 몸 상태가 좋지 않다며 메신저에 고통을 호소했다. 어제 오늘 37.5도로 발열 증상이 계속되고 있다고. 우선 회사 산업보건의가 자택 대기를 지시했고, 혹시라도 증상이 더 심해지면 코로나19 검사를 받기로 했다.

호시노	상황이 상황인 만큼 되도록 방에서 안 나갈게요…….
가쿠타	필요한 게 있으면 부담 느끼지 말고 메시지 보내요.
마루야마	밥은 방문 앞에 갖다놓을 테니까.
나	집에서 배달 서비스.
호시노	흑, 고마워요…….

코로나19에 걸렸을 수도 있으니, 호시노는 식사할 때 일회용 접시를 사용하고 식사가 끝나면 즉시 버렸다. 계단 난간과 문손잡이 등은 주기적으로 알코올로 소독했고, 실천할 수 있는 대책도 세웠다.

호시노가 확진 판정받을 경우 우리 모두 '밀접 접촉자' 확정이고, 확진이 아니더라도 외출은 불가능하다. 그래도 인터넷 장보기나 배달 서비스(진짜)도 있으니 어떻게든 될 거라며 크게 신경 쓰지 않았다. 만약 혼자 살았다면 SNS에 떠도는 부정적인 뉴스를 보며 경제적 불안감과 외로움으로 '유리 멘탈'이 됐을지도 모른다. 내 성격상 그럴 거다. 셰어 하우스를 해서 다행이야!

물론 이제껏 넷이 이렇게 오랫동안 집에 함께 있었던 적이 없기 때문에 때로는 서로 부딪히기도 한다. 하지만 그런 사소한 단점보다는 누군가 함께 있다는 안도감과, 수입이 줄어도 저렴한 집세로 넓은 집에 사는 편안함 같은 장점이 훨씬 크다. 집세가 저렴한 건 정말 좋다! 게다가 우리 셰어 하우스 멤버들은 기분이 좋지 않더라도 다른 사람에게 화풀이하지 않고 스스로 해결하는 성격들이라 그 점도 참 다행이다. 늘 기분 좋은 사람은 없지만, 기분이 안 좋을 때는 혼자서 기분 나빠하면 되는 것이다.

일주일쯤 지나 호시노가 회복하자, 산업보건의는 "그렇다면 검사하지 않아도 되겠네요"라고 진단했다. 안도의 한숨.

이래저래 각자 온라인 회식을 즐기거나, 뜬금없이 트위터에서 화제가 된 '소蘇'◆를 만들며 집에서의 시간을 보냈다. 태국 BL 로맨틱 코미디 드라마 중에서도 걸작으로 유명한 「보이프렌즈」를 SNS에서 강력하게 추천받아, 하우스 멤버나 덕질 메이트들과 우와~ 꺄악~ 소리를 내며(어느새 소리치고 있었다) 온라인 상영회를 한 것도 재밌었다. 우울해지기 쉬운 재택 기간에 열대 나라의 알콩달콩한 로맨틱 코미디는 위안을 주기에 충분했다. '코로나19가 종식되면 다 함께 태국

◆ 우유를 졸여서 만든 유제품으로 고대 일본 상류층이 즐겨 먹었다고 추정된다. '고대 치즈'로도 불린다. 한국에서도 재택 기간에 집에서 달고나 커피를 만든 것처럼 일본에서는 소 만들기가 유행이었다.

놀러 가고 싶다' '언젠가 그 주스(매회 방송 시작 전 광고에 나오는 태국의 청량음료. 맛있어 보여) 마셔보고 싶어!'라는 얘기가 나올 만도 했다. 덕후 콘텐츠와 SNS, 그리고 하우스 멤버들 덕분에 버틸 수 있었던 시간이었다. 코로나19는 아직 끝나지 않았지만!

1인 가구 vs. 셰어 하우스, 생활비는 얼마나 절약됐나

코로나19를 계기로 새삼스레 느꼈는데, 셰어 하우스로 생활비를 절약할 수 있다는 점은 여러모로 좋다. 여기서 문제. 눈물로 밤을 지새우던 1인 가구 때와 셰어 하우스 생활을 하는 지금, 도대체 얼마나 절약했을까? 혼자 살 때의 집세 및 공과금 1개월분과 비교·검증해봤다.

2018년 12월

집세(인터넷 요금 포함): 8만5000엔

+ 공유 오피스 임대료: 2만5000엔

+ 수도 요금: 2200엔

+ 가스, 전기 요금: 9000엔

합계   12만1200엔

2019년 12월

집세: 6만 엔

+ 수도 요금: 1800엔

+ 가스, 전기 요금: 5500엔

+ 인터넷 요금: 1100엔

합계   6만8400엔

생활비가 절반 정도 줄었다. 우~와♪ 혼자 살던 시절과 지금의 수도 요금이 별반 다르지 않은 이유는 혼자 살 때는 온종일 집에 있으면 목욕하지 않고 그냥 지나간 날이 간혹 있었기 때문이다. 지, 지금은 거의 날마다 목욕한다. 거의.

지출이 절반으로 줄었다고 해도 나는 자율적으로

저축할 수 있는 사람이 아니다. 큰맘 먹고 개인 연금 상품과 적금에 가입하고 자동이체를 신청했다. 현재, 예금 잔액은 무사히 늘고 있다.

하우스 메이트의 세 가지 조건

친구에게서 이사한다고 연락이 왔다.

나	앗, 어디로?
친구	○○구 △△.
나	우리 집 바로 근처네.
친구	맞아. 얼마 전 집에 놀러 갔을 때 보니까 그 동네 살기 좋을 것 같더라고.

천천히 걷거나 자전거를 타고 갈 수 있는 거리에 거처를 마련한 친구가 생겼다. 대중교통이 편리한 주택가라서 원래부터 이 동네에 사는 친구도 많았는데, 어느새 근처에 몇 명이나 사는지 한 손으로 셀 수 없을 만

큼 많아졌다. "남편이랑 헤어지면 하우스 근처로 이사 갈게~" 같은 농담까지 포함하면 조만간 구의원 선거 정도는 당선될 만한 세력을 확보할 수도?

셰어 하우스에 산다고 이야기하면 "나도 해보고 싶긴 한데, 다른 사람과 함께 사는 비결이 뭐야?"라는 질문을 받기도 한다. 그럴 때마다 위생관념과 경제관념 그리고 성관념이 일치한다면 어떻게든 잘 지낼 것 같다고 대답한다.

되도록 깨끗하게 생활하고 싶은 사람과 다소 지저분해도 신경 쓰지 않는 사람은 부딪힐 수밖에 없으니 위생관념 확인은 필수다. 금전 감각이 차이 나면 함께 생활하기 어려우니 경제관념이 비슷한 사람이 좋다. 아, 남의 돈을 훔치는 건 논외로 한다. 사실 이 부분에 대해 "남과 같이 살면 위험하지 않아?" 하고 물어오기도 하는데, 유산 상속처럼 가족이라 발생하는 금전 문제도 많다. 내 경험을 얘기하자면, 고등학생 때 컴퓨터를 사기 위해 열심히 아르바이트해서 받은 돈을 저금했는데, 언니가 마음대로 찾아 쓴 적이 있다.

물론 이건 드문 경우일 테고, 위험한 녀석은 같은

피가 흐르든 아니든 위험하다. 지금 다시 떠올려도 언니가 정말 너무했다는 생각이 드니, 1장에서 내가 본 가로 들어가기 몹시 싫어했던 이유를 짐작할 수 있을 테다.

얘기를 되돌리자. 연인을 집에 자주 데려오는 유형과 그런 행동을 싫어하는 유형은 갈등을 겪기 쉬우니, 성관념도 어느 정도 비슷한 편이 좋을 거다. 예전에 들은 얘기로는 여자 둘이 하우스 셰어를 했는데, 둘 다 연인을 자주 데려오는 유형이라 문제없이 잘 지낼 수 있었다고 한다.

물론 집 안에서의 가치관 공유가 중요하지 밖에서의 행동은 상관없다. 러브호텔에서 덕후끼리 상영회를 열고 야광봉을 흔들든지, 연인과 다른 걸 흔들든지 당사자 외에는 간섭할 일이 아니다. 이런, 나도 모르게 음담패설. 사실 난 하우스 멤버들의 최애 캐릭터는 알지만 사귀는 사람이 있는지 없는지는 모르고, 앞으로도 굳이 알 필요는 없다고 생각한다. 마찬가지로 멤버들도 나의 헤어진 연인에 관해 물어본 적 없다.

생각해보면 우리는 생활은 공유하지만 인생은 공

유하지 않아서 잘 지낼 수 있는 것 같다. 하우스에서는 가족애나 연애 감정처럼 관계에서 오는 성가신 감정이 배제된 편안함과 즐거움을 느낄 수 있다. 요컨대 가족, 혹은 연인이니까 이렇게 해야 한다는 압박에서 해방된 기분이다. 물론 그런 게 없는 관계도 많겠지만 난 의외로 관계성에 압박을 느끼는 피곤한 유형이라.

반대로 '가족, 혹은 연인이라는 관계를 확인받고 싶다, 즉 소속감을 줄 수 있는 누군가가 곁에 있어주길 바란다'는 유형은 셰어 하우스 생활에 어려움을 겪을지도 모른다. 그렇기에 모든 사람에게 셰어 하우스를 추천할 수는 없지만 적어도 나는 이 생활이 잘 맞는다고 얘기하겠다.

친구의 최애는 건드리지 맙시다

또 하나 자주 듣는 질문이 여자들끼리 살면 싸우지 않느냐는 것이다. 이 질문만큼은 솔직히 전혀 이해할 수 없다.

자위대 시절, 비혼자는 기본적으로 기숙사 생활이 원칙이라 나 또한 기숙사에 살았다. 그랬더니 남자 자위관들이 지레짐작하며 이렇게 말했다. "여자끼리 있으면 사이 안 좋지 않아?"라고. 단순한 농담이었을지도 모르지만, 남자 기숙사에서도 술과 도박, 남자의 자존심(대폭소) 때문에 한심한 싸움이 매일같이 벌어지고 있다는 사실을 나는 알고 있지, 거기에 남자친구가 있거든! 하고 생각했었다.

이건 극단적인 표현일 수도 있지만, 여자들의 싸움을 안주로 삼으려는 사람들과 만나는 일이 종종 있다. 누군가와 함께 살다보면 다투기 마련인데, 거기에 굳이 '여자'라는 필터를 끼우는 건 좀~.

셰어 하우스 생활에서 싸움다운 싸움이 벌어진 적은 없다. 드라마틱한 배틀을 얘기하는 편이 재밌겠지만 진짜 그런 일은 일어나지 않았다. 굳이 꼽자면, 다같이 대화하다가 내가 무심결에 '우소마츠'라는 단어를 써서 집중포화를 받았던 일 정도다.

모를 수도 있으니 설명하자면, 우소마츠란 인터넷 속어다. 어느 덕후가 "애니메이션 「오소마츠 6쌍둥

이」의 캐릭터와 똑같이 생긴 멋진 남자를 우연히 만났다"라고 쓴 트윗이 화제가 됐는데, 많은 사람이 거짓말うざ;우소 같다고 빈정댄 데서 생겨난 말이다. 당연한 얘기지만 애니메이션 팬들이 달가워할 리 없다.

아~ 맞다, 그랬었지. 깜박했다. 애니메이션이 방영된 게 수년 전이라 딱히 얘기할 기회가 없었는데, 하우스 사람들은 「오소마츠 6쌍둥이」에 푹 빠진 '(오소)마츠 늪'의 주민이었다. 마루야마는 쥬시마츠 후드티를 가끔 실내복으로 입고, 가쿠타는 이치마츠 캐릭터 향수를 갖고 있고, 호시노의 방에는 쵸로마츠 봉제 인형이 자리 잡고 있다. 그러고 보니 메신저로 대화할 때 가끔 이모티콘도 쓰는구나.

호시노   원래 그건 빈정대는 말이죠.

마루야마   좋은 말은 아니니까…….

가쿠타   실제로 쓰는 사람은 오랜만에 봤어요.

나   잘못했습니다.

난 여섯 쌍둥이 중에선 카라마츠가 좋다.

반대로 남자끼리 하우스 셰어는 무리라는 말을 듣기도 한다. 남녀 모두가 이렇게 말했다. 그렇지만 밴드나 남자 아이돌이 합숙하는 것은 흔한 일이기도 하고, 목적이 같다면 성별은 상관없는 게 아닐까?

다만 하우스에 남자가 들어오는 것은 의견이 갈렸다. 혼자만 많이 먹으면 공금도 다시 나눠야 하고, 화장실 청소만 해도 위생용품 수거함 처리는 부탁하기 어려울 거고. 이런 이유 때문에 지금보다 불평등한 상황이 발생할 테니 신중하게 생각해볼 문제인 듯하다.

평생 같이 갈 수는 없다 해도

부디 넷이서 오래도록 함께 살고 싶다. 이 마음을 계속 드러내고는 있지만, 평생 함께 사는 건 어렵겠지.

'노후에는 친구들끼리 함께 모여 살자~'라는 얘기를 덕질 메이트뿐 아니라 덕후가 아닌 친구들에게도 했던 것 같다. 2018년 연말, NHK에서 방송했던 「독신 여성 7인, 함께 살아보니」라는 다큐멘터리가 바로 그런 내용이었다. 71세부터 83세까지 여성 일곱 명이 같은 맨션에 살면서 서로의 집을 오가고 협력하며 생활하는 모습을 다루고 있었다. 방송에서 '친구 근처에 살기'라고 불린 주거 방식은 트위터에서도 이상적이라는 의견이 많았다.

물론 이런 삶의 방식에 나도 어느 정도는 공감한다. 하지만 아마 우리 세대에는 금전적으로 어려울 것이다. 연금도 퇴직금도 기대할 수 없을 테고, 노후에 맨션을 장만하다니 어림없는 일이다.

다큐멘터리는 병과 부상, 치매에 초점을 맞췄다. 이 방송을 보고 친구들과 평생 함께 살긴 어렵겠다는 생각을 했다. 누구나 늙지만, 모두가 같은 속도로 늙는 것은 아니다. 죽음을 맞이하는 순간도 제각각이다.

내 주변만 그럴지도 모르겠지만, 라이브 공연이든 연극이든 현장에 주로 가는 덕후 중에 근무 스케줄을 조정하기 쉬운 간호사나 간병인으로 일하는 사람이 많다. 그들이 말하기를, 90대인데도 스마트폰을 어려움 없이 다루고 게임을 즐기는 사람이 있는가 하면, 60대인데도 거동이 불편해 계속 누워서만 지내는 사람도 있다고 한다. 평생 건강하게 살지 병상에 누워 지낼지는 사실 운에 불과하다.

우리 하우스는 상부상조가 기본인데, 이것은 모두가 건강하기 때문에 가능하다. 건강한 사람이 그렇지 못한 사람을 기약 없이 돌보는 데는 한계가 있다. 만일 내 몸에 이상이 생기더라도 다른 누군가가 자기 인생을 희생하면서까지 나를 돌보는 건 원치 않는다. 요즘은 가족 간에도 병간호는 전문가에게 맡기는 게 당연한 모양이다. 따라서 훗날 누군가의 도움이 필요한 상황이 온다면 행정 기관이나 민간 기관에 부탁하고 싶다. 그리고 그게 당연한 사회가 되길 바란다.

나이가 들어 누군가와 함께 살든 혼자 살든 행정 기관을 이용하는 지식을 갖추거나 민간 기관에 돌봄 서비스를 부탁할 정도의 저축은 해둬야 할 듯하다. 1장에서 언급한 고독사를 피할 만한 해결책은 아직 찾지 못했지만, 굳이 말하자면 고독사가 싫다기보다 앞으로 고독하게 사는 게 싫은 것 같기도 하고. 어찌 됐든 그때그때 상황에 맞는 최고의 선택을 하고 싶다. 그건 그렇고, 5000조 엔은 늘 갖고 싶다. 언제나!

SSR 등급의 하우스

당장 벌어질 일은 아니더라도, 멤버가 탈퇴하게 될 경우를 어느 정도 대비할 필요가 있다. 우리 중 누군가 갑자기 사랑에 빠진다면 재밌을 것 같다는 얘기를 2장에서 했었는데, 실제로 넷 중 누군가 결혼이나 집안 사정으로 인해 인생의 전환을 맞게 될 가능성은 충분히 있다. 부동산 중개인과 집주인은 멤버 교체가 잦지 않고, 교체가 있더라도 사전에 얘기하면 괜찮다고 했다.

새 멤버를 모집하든, 셋이서 살아가든, 다른 집으로 이사를 하든, 당분간은 계속 셰어 하우스 생활을 하고 싶다. 이 쾌적함을 한 번 맛보고 나면 포기하기란 쉽지 않다. 드라마 같은 삶이 펼쳐지진 않지만, 그렇기에 마음 편한 생활을 이어갈 수 있다.

요즘 우리 집은 다른 덕후와 마찬가지로 「디즈니 트위스티드 원더랜드」에 푹 빠져있다. 디즈니 영화 속 악당을 모티브로 한 멋진 남자 캐릭터가 등장하는 모바일 게임이다.

호시노   물욕 센서物欲センサー◆가 발동 중이라, 누가 나 대신 아이템 좀 뽑아줘요~.

마루야마   그럼 제가 한번(꾹).

나   제발~.

호시노   와~, SSR 등급◆◆ 레오나 카드가 나왔다!

마루야마   크하하(갓쓰 포즈).

가쿠타   물욕 센서란 게 진짜 있나 봐요.

호시노   이거 진짜 갖고 싶었어요!

덕후들은 다양한 것을 뽑기에 비유하는데, 집주인과 집 고르기도 뽑기 요소가 강하다. 이 하우스도 집주인 도 우리에게는 SR 등급 이상으로, 셰어 하우스라는 게임을 진행하는 데 이보다 더 강한 카드는 없다. 그렇

◆   온라인 게임 유저들이 쓰는 은어. 금액을 지불하고 무작위로 아이템을 얻는 '랜덤박스'라는 과금 구조에서, 게임이 내가 원하는 아이템을 감지해 그것이 뽑힐 확률을 낮추는 것처럼 느껴진다는 데서 나온 말이다.

◆◆ 온라인 게임 용어로, 랜덤박스에서 가장 얻기 어려운 최상급 아이템을 말한다. N(노멀) ➡ R(레어) ➡ SR(슈퍼 레어) ➡ SSR(슈퍼 스페셜 레어)로 나뉜다.

지만 플레이어 간의 소통을 통해 게임의 재미가 달라지는 것처럼, 셰어 하우스도 결국엔 나와 다른 사람이 맺는 관계가 중요한 것 같다.

　게임 길드 결성을 위한 '파티원 모집'은 아니지만, 그렇기에 셰어 하우스라는 이 게임이 더 재밌는 것 같다. 갑작스러운 서비스 종료는 피하고 싶으니, 앞으로도 우리만의 방식으로 쾌적하고 즐겁게 상부상조하며 함께 생활하고 싶다.

마치며

이 책에는 내 견해만 밝혔으니, 동거인들에게 '덕후 셰어 하우스 유지 포인트'가 무엇인지 물어봤다.

마루야마   아무래도 덕후와 함께 살면 느닷없이 발광하거나 물건이 쌓이는 걸 이해해주니 편해요.

가쿠타   덕후는 서로의 '지뢰'를 밟지 않으려고 하잖아요? 그게 실생활에서도 적당한 거리를 유지하게 하는 것 같아요.

마루야마   게다가 문제가 생겼을 때 그냥 지나치지 않고 솔직하게 터놓고 얘기하니까 저도 눈치 보지 않는 면이 있죠.

호시노   도구나 앱으로 해결할 수 있는 일은 그걸로 해결하는 결단력도 필수죠.

마루야마   진지하게 얘기하자면, 역시 어딘가 존경할

만한 부분이 있거나 매력적이라고 느껴지
는 사람과 함께 사는 건 좋은 것 같아요.

내 생각과 비슷했다.

마루야마   아, 다들 시력이 나빠서 꼼꼼하게 청소 안
          해도 된다는 거?
호시노   매사에 적당히 넘어가는 것은 중요하죠.

농담까지 해주다니 고맙네. 아무래도 이런 생활 방식
이 잘 맞는 사람들끼리 모였기 때문인 것 같다.
  지금 하우스에는 버찌가 3킬로그램이나 있다. 코로
나19로 타격을 입은 농가를 돕고 싶은 마음에 야마가
타현 버찌 1킬로그램을 주문했는데 가쿠타도 똑같은
걸 박스로 주문해, 예기치 않게 초여름 버찌 열풍을
맞게 됐다.
  초봄에도 같은 이유로 홋카이도 감자를 10킬로그
램 주문해, 약간 난감한 상황에 빠졌었다. 우리는 같
은 실수를 반복하고…… 이렇게 생활한 지도 나름 오

래돼서 다들 익숙해졌는지, 어떤 멤버는 상그리아를 만들고, 어떤 멤버는 설탕에 절여 타르트에 올리고, 어떤 멤버는 그냥 먹는 등 버찌 3킬로그램이 의외로 금방 바닥을 보였다. 사람이 많으면 엥겔 계수는 낮아지고 음식의 질은 높아지는 것 또한 장점이다.

'들어가며'에서도 얘기했듯이, 셰어 하우스를 하기 전에도 가족이나 연인이 아니더라도 누군가와 함께 사는 것도 좋을 것 같다고 생각했었다. 실제로 살아보니 그 생각은 확신으로 바뀌었다. 오히려 친구끼리 살아서 좋은 점도 있는 듯하다. 가능하면 좀 더 쾌적하게 생활하고 싶으니, 친구끼리 집을 구할 때 계약 같은 게 덜 까다로웠으면 좋겠다. 이건 정말 글자 크기를 두 배로 키우고 볼드체로 강조하고 싶을 정도다.

눈물로 밤을 지새우는 데 한 몫 했던 어깨 통증은 서서히 나아간다. 역 근처에 괜찮은 재활 센터가 있어서 다니고 있다. 지금은 코로나19 영향으로 게으름 피우고 있지만…….(안 되겠네.) 전구를 가는 것처럼 팔을 올려야 하는 일은 동거인들이 배려해서 대신 해준다. 고맙게 생각한다. 이젠 울다가 밤새우는 일도 없다.

코로나19 영향으로 4~5월은 일도 줄었으니 그사이에 써야지~ 하고 여유를 부렸는데 눈 깜짝할 사이에 시간이 지나가 버려서 마감을 코앞에 두고 황급히 글을 쓰는 어처구니없는 짓을 저질렀다. 그런 나를 믿고 지켜봐 준 편집자 사이토 미사키 씨, 미야케 카나 씨 진심으로 감사드립니다.(사이토 씨, 신주쿠 공유 오피스에서 물리적으로 많은 도움 주시고……. 그땐 정말 감사했습니다.)

이 책은 어떤 의미에선 2차 창작이다. 나와 주변 사람들을 캐릭터화해서 에세이를 쓴다는 게 처음에는 너무 부끄러워서 바들거리며 집필했다. 책으로 내고 싶다는 말은 내가 먼저 꺼냈지만!

셰어 하우스 생활을 책으로 내는 것을 흔쾌히 허락해준 동거인들에게도 감사의 마음을 전한다. 이 또한 재미를 중시하는 덕후라서 가능했던 것 같다. 인세 들어오면 맛있는 거 먹으러 갑시다. 너무 앞서 나갔나?

마지막으로 여기까지 읽어주신 독자 여러분에게도 감사드린다. 다음 공연이 있을지 없을지 알 수 없지만, 언젠가 다시 만나기를.(이때 객석에 조명이 켜진다.)

덕후 여자 넷이
한집에 삽니다

초판 1쇄 인쇄 2022년 5월 12일
초판 1쇄 발행 2022년 6월 1일

지은이 후지타니 지아키
옮긴이 이경은
펴낸이 유정연

이사 김귀분
책임편집 유리슬아 **기획편집** 신성식 조현주 심설아 이가람 서옥수 **디자인** 안수진 기경란
마케팅 이승헌 반지영 박중혁 김예은 **제작** 임정호 **경영지원** 박소영

펴낸곳 흐름출판(주) **출판등록** 제313-2003-199호(2003년 5월 28일)
주소 서울시 마포구 월드컵북로5길 48-9(서교동)
전화 (02)325-4944 **팩스** (02)325-4945 **이메일** book@hbooks.co.kr
홈페이지 http://www.hbooks.co.kr **블로그** blog.naver.com/nextwave7
출력·인쇄·제본 성광인쇄 **용지** 월드페이퍼(주)
후가공 (주)이지앤비(특허 제10-1081185호)

ISBN 978-89-6596-512-1 02830